葛丽萍 ● 著

『新实力』中国当代散文名家书系

掬云得月

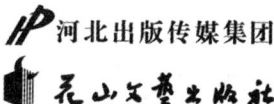

河北出版传媒集团

花山文艺出版社

图书在版编目（CIP）数据

掬云得月／葛丽萍著．—石家庄：花山文艺出版社，
2015.10（2020.5重印）
　ISBN 978-7-5511-2496-6

　Ⅰ.①掬… Ⅱ.①葛… Ⅲ.①散文集－中国－当代
②随笔－作品集－中国－当代 Ⅳ.①I267

中国版本图书馆CIP数据核字(2015)第210794号

书　　名：	掬云得月
著　　者：	葛丽萍

责任编辑：梁东方
责任校对：杨丽英
美术编辑：胡彤亮
出版发行：花山文艺出版社（邮政编码：050061）
（河北省石家庄市友谊北大街330号）
销售热线：0311-88643221/29/31/32/26
传　　真：0311-88643225
印　　刷：三河市华东印刷有限公司
经　　销：新华书店
开　　本：650×940　1/16
印　　张：16
字　　数：200千字
版　　次：2016年1月第1版
　　　　　2020年5月第3次印刷
书　　号：ISBN 978-7-5511-2496-6
定　　价：29.80元

（版权所有　翻印必究·印装有误　负责调换）

序

金曾豪

博物馆举行葛丽萍捐赠书法作品的小型活动,因为书作的内容是我的《常熟赋》,我也被邀请了。

展开小楷长卷《常熟赋》,先是见到了一片山清水秀的江南,而后是一缕有春蚕吐丝之妙的工稳俊逸的静气。想:书者是一位文静的女子吧?

葛丽萍谦谦地走进了会场,神情举止间果然透出一种冲淡沉静的气息。

清清神,淡淡妆,便一个典型的江南女子。

之后读到了她的一些散文。这样文静的女子能写一笔散文,是可以预料的。读她的文章联想到她娟秀端庄的书法,也是自然的。没料到的是她通过她的文集责编陈武先生来请我写一篇她的散文集的序。序言是我很怕写的,但小葛是小同乡,陈先生是老朋友,我倒是难于推诿了。就把几点浅浅的感受写下来吧。

小葛的文学创作和书法创作居然和她的一场病有关。那是一场发生在她新婚后仅半月的大病,那是一场在生死边界上长时间折腾的大病。昼夜不分,生死一线,思绪绵绵,人生历历……

"知君此际情萧索"。人生跌宕,命运闪烁,人性便易袒露。

在这样的病床上,有大块的时间用来回顾以往、思索人生,人是很容易靠近文学的。

寻常风月,在回想中总是那般的怡红快绿、一片明媚呢!当时以为琐琐碎碎的平庸日子,在回忆中竟是那般的温暖静好呢!"此情可待成追忆,只是当时已惘然"。

葛丽萍就这样走近了文学。以这种形式走近文学的人灵台清明,悲欢切肤或许能更快地领悟到文学的人生本质和生命真谛。

小葛在喧嚣中寻找宁静。宁静是因为宽容。看看作者丢了一把伞之后,是怎样从懊恼走向释然的。看看作者在曾园被人偷拍照片之后,是怎样以"自己成了别人眼里的风景"作解而生出了小小的开心的。听听作者对"过好日子"与"好好过日子"是怎样评点的……在作者的笔下,随处有淡泊明朗的风景,随时有祥和惬意的心境。作者的宁静有时甚至有了点任性,她说:"就如此坐着,就如此活着,此生亦足矣。"尽可能地容纳一切,以一颗干爽之心面对生活,感化周界,是快乐之源,更是天地之美。这样的美可以穿越古今。

小葛在日常生活中寻找欢愉。欢愉是因为对爱和美的敏感。儿子写的半文半白的"小古文"可以让作者欢欣雀跃。可以从朱自清的《背影》一路联想到丈夫是她的"一把伞"。摊一锅韭菜面衣与人分享,可以快乐小半天。在夫家洗过一次"艾澡",便感觉自己不但被大自然沐浴过了,还被婆婆疼爱过了……作者简直成了一位倔强地抱着回忆取暖的人了。她对记忆是有所选择的——选择的大多是亲爱和美好。

小葛在素朴中寻找精致。精致是因为对生活兴致、对世间万物的关注。乡下老家的小小的菜园,去外婆家的小路,还有妈妈腌的萝卜干……这些家居的庸常物事,在她的笔下无不漾溢曼妙的田园气息,和她"心向东篱"的那一份亲近乡土的情愫。穿着旗袍在荷塘边轻轻走过,作者居然产生了穿越岁月的感觉。而在服装店"邂逅"

旗袍时，她这样写："衣与人也是有缘的吧？每次试穿，我常觉得不是人在挑衣，而是衣在等人。"

小葛的写作少有功利，不事造作，笃定，从容，从善如流，任意西东。她笔下的事件大多是日常细事，却因为写得真诚灵动而饶有趣味、亲切感人。有时是明明亮亮地直指人心，说中一些读者心中有之而难于措辞的感触，有时把笔浅笑，写出些无关风雨月的"微雨花间闲昼"。这种随意的书写，淡淡的勾勒，怕是她自己也是说不清题旨为何的。其实人世间的情和事常是说不清的，就像我们不知道拂过的清风来自何处水湾，何处山谷。说不清又何妨呢，有会心一笑就好了。而且，可爱的日子不是值得与人分享的么？平安是福，平静是美，平淡是日常，是真。

疏离、飘忽和异化，特别是精神与情感的漂泊感，是现代人最深刻难言的疼痛，读一点淡静实在的文字，分享一束清宁舒朗的日子，或能掬云得月，补中益气呢。

目录

【第一辑　风荷留香】

002　影像曾园

008　穿　越

010　旗袍与我

013　风荷流香

016　漫步春光

018　百合花开

021　梦与现实

024　冬天的特别

027　一转身的温柔

【第二辑　芳草心田】

032　土豆的收获

034　菜　园

036　韭菜薄饼

038　豆　干

041　远来的荔枝

044　越存越甘醇

048　小家的风尚

052　通往外婆家的小路

055　萝卜干

058　艾　澡

061　回家，过年

【第三辑　菩提树下】

068　上山和下山

071　积善成福

074　致逝去的生命

077　登天台

081　清晨入古寺

085　结缘甘露寺

088　解悟《地藏经》

091　悲心亦甘露

【第四辑　掬云得月】

094　不能少走的路

097　过日子

100　机缘巧合

103　妈妈，您听女儿说

106　每天都有许多事

109　岁月教给我

112　秋雨心田（雨中日记）

117　我和儿子共成长

120　终为房奴

123　凡　心

128　怀乡行

131　父亲的心

134　美与坚持

136　暖

138　伞

142　相见还是怀念

144　留些快乐给别人

146　也是生命

149　一件小事

【第五辑　校园散板】

154　臻美校园

157　优雅开去

160　小古文之乐

165　拉着他的手

168　我家的"文曲星"

171　言传与身教

174　永不消逝的凤兰

179　书香伴成长

182　《守望教育》留心迹

【第六辑　如是我闻】

186　只为花开

190　古筝老师

193　特约编辑

196　儿子的二胡老师

203　精彩背后

206　乡土文风

209　雪落无声

213　与琴谱书

【第七辑　相约旅途】

218　相会西塘

222　唐市半天

226　甪直午后

229　九华清韵

232　沙家浜

236　虞山之脉

239　紫玉兰下

242　后　记

第一辑
风荷留香

影像曾园

一　摄影师

喜欢照相，喜欢将自己美美地定格在一瞬间的光影里。特别是过了花季，自觉愈来愈成熟的年岁里，照相似乎成了日常生活的一部分，还时不时挑几张满意的照片放进博客、微信里摆摆美，自己开心，朋友也夸好。这样一来，先生便成了我的专职摄影师。

每逢假日，我们总会去外面走走，不管距离远近，无论地点重复，先生总是很乐意地拿起傻瓜相机，尽可能满足我那一点小小的心思。

尤其，当网上购得了那件古味浓浓的织锦棉袍时，没等两天，就拽着他跑向了虞山。在他面前的我可爱又调皮，即便古装在身，也还如小燕子一样叽叽喳喳。他让我好好的笑，我一不小心，咧着嘴乐开了怀；他让我严肃一点，我收敛起笑容，一本正经地等待，谁知等他按下快门，又熬不住眨了眨眼睛。我嘟着嘴，嗔怪他太慢。他一点不生气，又让我重摆姿势。说到照相摆姿势，的确是个难题，摆过了不行，不到位也不行，直接影响到照片的"美丽度"。还好，拍照不过是过过瘾，无拘无束，随心随意，摆不好也无妨。

或许是如此的天真和随性，照片中的我才更自然生动。一张张相片赢得了朋友的赞赏，连同这个"专职"摄影师也被公开了身份，夸他手艺越来越有长进。有个朋友是正儿八经的专职摄影家，见到照片，知道我有此爱好，便邀我闲时做他的模特，重妆亮相，拍一组。我暗暗思忖：若是摄影家拍，岂不是一流的设备，一流的技术，倘若那样，效果岂不更好？然，不免也有些担忧，爱人面前自在活泼的笑颜，别人面前不会有吧？这么一转念，便婉拒了朋友的好意。

但是，平日里，想把自己的影像永恒定格的念头并未就此打住，更何况今年想给自己圆个本命年的相册留念呢！在姐妹们面前一说，呵，不可开交地热闹。影楼不太想去，我喜欢本真的自己。有个叫周华的姐妹，她的儿子和我的儿子同学二胡，四年下来，作为家长的我们渐渐成了好朋友。她热心地向我介绍她的同事——一位业余摄影家，还将他的作品发我欣赏。看我很满意业余摄影家的作品，便帮我们约好了照相的时间。

就这样，在一个阳光明媚的清晨，姐妹开车载着我，去接那位素不相识的摄影师了。

二　又见曾园

姐妹问我，去哪儿？我不假思索地答：曾园。

选择曾园，不只是曾园的环境美，还因为静谧。已是初冬的虞山上只残留些枫红叠翠，然而曾园依然有着春意盎然之感，曲桥池畔的亭台、楼榭，依旧古朴而雅致；曾经消遣悠闲的山下茶苑多了份喧嚣和热闹，怎容我独自良久徘徊。而曾园因为曾经与她的相遇很美，所以，今儿又见她时，已如恋人般相偎相依了。

伴我左右的是热情的姐妹，还有她可爱的儿子。为我留影的是一位中等个子、清清爽爽的中年摄影师。等得他来，问候之后道了声,辛苦你啦!师傅笑笑说,不用客气哩,一有空便会跑出来摄影,喜欢的事不辛苦的。

如此,初冬的晨光还未将寒气退去,我,便成了曾园怀里的一个小女子。此刻,鸟儿奏着晨曲相迎,红鲤扭着腰肢欢舞。柳枝脱去了秋的戎装,疏疏落落地垂着,守着一泓清池,在无风无雨的日子里,相望着彼此在四季轮回里的倩影。我轻轻倚栏,抚一抚岁月沧桑里越发精神的雕花古木;又悄然坐下,摸一摸时光隧道下亘古不变的一砖一石。走在迂回曲折的长廊下,望天地间一方胜景,和着穿透紫藤的光与影,心花怒放。

静静的我忽又倍感羞涩,会不会我此刻的独享,让曾园觉得太过自私?亦是她也喜欢有这样的赏者?纯净、安然与相知。

我将最欢喜的红色旗袍和绣花棉袍换穿在身。我知道,配这园子,当!不论假山池沼还是亭台楼榭,不管山水相依还是树木葱茏,穿越回古,相融与今,典雅大方都是与此映衬的。曾经的那个冬天,我将曾园一览无余在我的心底,而今,我与她融为一体,共同演绎着人与自然的相亲相和。未曾想过,我如此有缘地成了她风景中的风景,眼眸里闪着光亮的江南女子。

不知何时,身边多了位头发花白的老头儿。他手里拿着个相机,笑眯眯的脸上略带一丝羞涩。待我们转过曲桥,他仍然跟着,还有些欲言又止的样子。我纳闷地问:"大爷,您?"老先生神情激动起来:"姑娘,能不能让我——拍下你?"原来这样,呵呵,有点突然,又有些窃喜。"当然可以呀!"我站在池边,随意将手轻搭在酒红色的栏杆上,微笑着,任眼前这位可爱又专注的老先生摆弄手里的相机,一次次按下快门。

阳光将我温暖,美景将我包围,身旁的姐妹和孩子的欢声笑语也时时萦绕着我。我已淡然摄影师的存在,随意漫步,撩起额头的秀发,理理垂下的披肩,微笑着,感受着眼前一丝一毫的幸福。冬,是为了下一个春，才这么坚韧成熟的吧，如我，是为了那个更美的自己，才闪着亮光么？

孩子手中也举着个相机，一会跑左一会跑右，嘴里还自语，这回作文有题材啦，我得取个什么名好呢？妈妈叫他安静些，他不听，一溜烟跑远了。穿过"涵虚天境"，是一墙之隔的赵园，我想去目睹下残荷满池的情形，却已被孩子道出了遗憾。"我和妈妈上次来还有的。"原来他早顺着小道跑在了前头。望着一池清泓，我能想象接天莲叶无穷碧时的壮观，加之这低低的石桥，行于上，定是宛若荷花仙子凌驾于仙宫清池呢！

荷于夏的烂漫，人人欢喜；荷于秋的静默，我已懂得。褪去缤纷与繁华，在风雨中消了红颜，折了身姿，非是落寞与孤寂，而是真实与从容。像个亭亭玉立，出水芙蓉似的少女经历了风雨和磨折，成长得更加丰韵和成熟，即便孤寂，也已看见整个世界。那枯枝败叶，不是秋的萧索，而是生命本真的熠熠生辉。此刻的我，容得下花开的绚丽，亦心存花落的可敬。然而，眼前唯有碧波一湖，树影满池。或许，眼中少了许多，心里才更会有这么多遐想吧！

三　找包插曲

时已近午，我才发现自己的一个小包不知落在哪儿了。拉回记忆，过电影般地细寻蛛丝马迹，还是想不起来，或是太专注了与曾园的亲密，将两三个小时的光景忘乎所以地花销掉，连带身边的东西也不顾了。暗自嘀咕，人啊，太投入也是件可爱又可怕的事呢。我们兵分几路，沿着走过的小道寻找起来。因为还有别的行李，便让孩子看着。或是大家将目标转向了寻物，等到包包找着，竟忘了孩子，不见小家伙的踪影。姐妹心急如焚，我也责怪自己，丢了包是小事，孩子可千万别走失啊？大家喊的喊，找的找，又跑了半个园子，原来，若无其事的他站在原地呢。

"你们不是说让我在这儿看包吗？"孩子认真地说。

哈哈，原来这样，大人糊涂时，原来比孩子还糊涂。幸好，虚惊一场。

带着点内疚，我原想要走出曾园了。

摄影师叫住我，说这枫叶多美，过来看！我循着师傅的声音望去，那是一株"孪生"树，同根分着两根粗壮的枝丫、再分着许多细枝的红枫。树下有块半米见方的石墩，我小心翼翼立于上面，想多靠近它一些。约莫四米多高的树下，穿着修身长旗袍的我昂起头来的那一刻，陡然间高挑了许多。看，火红与橙黄相间的树叶密密麻麻地点缀在蔚蓝的天空下，如繁星点点，不，这闪着光芒的精灵簇拥在一起，如燃烧的火，似翱翔的凤！细细的叶柄连同枝条错综复杂地彼此交织着，它们那么细，细得似乎只有夺目的叶，看不见浅褐或深绿的它们，叶尖舒展，抑或微微后翘，又多像俊俏的姑娘舞着细长的兰花指呢！

我伸出手，用指尖轻轻地触碰下叶尖，叶儿啊，今天的你神采奕奕，舞着秋的风韵，是在等我么？除了将纯真的笑颜送与你，我还能留将你什么呢？你给予我的，是四季的等待，而我，有多少次将你无心的遗忘。我闭上眼，怕一转身便是你的离别。可我错了，睁开双眸，你依然腮红玉润朱颜俏，心向蓝天与白云。

我亦望望蓝天。

曾园与我这般相融，摄于影中的，留于心底的，连同等等有用无用的遐想，抑或因为她将生发出多少剧情美事，我亦不管了。

四　偷拍

　　为我照相的摄影家姓范。当我还在期盼何时能看到在曾园留下的倩影时，我原先的那位摄影家朋友发来一条彩信，我一看，喜出望外，这不是那天穿着棉袍在石凳上读书的我么？身后是亭子的一角，几根历经风雨渐渐发白的红柱上，一串长长的大红灯笼轻盈地垂下，映衬着素颜与古典的我，甚是美好。论取景，论技术，看得出也非一般人把玩而成。我欢喜雀跃，"是我，怎么你会有？"朋友笑眯眯地道出了真由，是他学生在曾园偶得的"作品"。

　　我没想到，自己会成为别人眼里的风景，或许，那时的我与曾园相得益彰的味道便是摄影师眼中的艺术作品。世事，有时便是如此凑巧。我不认识他的学生，也根本不知自己真会成为别人眼中的一幅佳作。而他认得我，这瞬间的美好便成了永恒。

　　或许他的学生因为得意这样的作品才发于老师品评的吧，而朋友又似乎没实现曾经与我的相邀会不会有些想法？但我又知道，无论是专业摄影家还是业余摄影师，都有相似的美德，他们喜欢艺术，又为人真诚。如此，亦好。

　　我将电脑里留存的这些年的照片统统收罗在一起，看来看去，还是曾园的影像最有味道，便从中挑选了几十张，送到影楼做本影集留念。影楼的师傅说，36张吧。我一惊，怎么刚好是本命年的岁数呢！又忍不住应了那句，世事真巧！

　　曾园，我已是你怀里走出的知己，多少岁月之后，那些与你在一起的风景，一定是我白发苍苍下依然绽放笑颜的理由和永远的回忆！

穿　越

那是个暖暖的初冬之晨，我淡淡妆容，将长发盘起，穿上特意买来的、古意浓浓的长袍，踏在虞山层层叠叠的落叶之上，如一位古代的女子款款而来。我不知道，自己怎么如此喜欢古意的装束，难道是日日与诗文为友、与笔砚为伍、与香墨为伴的原因么？抑或是内心自恋的情结作祟？但无论怎样，我喜欢我现在的自己，喜欢我现在的装扮，喜欢我现在的心情，套句时髦话，喜欢我现在的任性。

向四周眺望，古木参天，枫红叠翠，冬暖得不忍秋的离别，明晃晃的天，静悄悄的林，几声鸟鸣，抑或风过，哗哗地飘落一阵或红或黄的叶，心激动起来，好美好美的一刻如期而至。

望脚下，落叶归根，不知是高山需要它的厚度，还是泥土需要它的陪伴，叶，一片片堆积，一层层铺展，安静，自在，是啊，它们已看过风云变幻，经历冷雨秋霜，甚至电闪雷鸣，如今只剩下从容与安详。踩在上面，那窸窸窣窣的声音多美呢，像是在和我私语！我提着长袍，怕多打扰了它们，欢颜于我脸上，循着一块大石头，坐下，我想静静地融入这片山林之间，就像这静美的落叶一样。

捧起琴谱书，这是我抄了近两个月完成的小楷册页本。一行行读罢，一页页翻过，文字在心间穿越，书作在眼前呈现。墨香淡淡，眉眼清清。点画之中贵灵动，字字之间有舒展，行行相间亦疏朗，页页清雅扑面来。这是我喜欢亦是追寻的。字如其人，我也愿意做个清雅女子，淡妆之下，心秀之上，修身修心，让净美与高雅常伴左右。

就如此坐着，就如此活着，此生亦足矣！

爱人用相机定格了山林间的我。藏青长袍上，斜襟盘扣，立领绣边，袖口与肩胸、下摆都镶着龙纹锦缎，或静读、沉思，或远眺、正视，一颦一笑间都是那般的古典与宁静。漫山遍野的黄叶和郁郁苍苍的树木烘托着我，或许，它们许多年也未瞧见这么一位喜欢静谧喜欢古典的客人呢！我笑了，自然纯真的欢喜从心底洋溢。是我想一身古装穿越于山林，还是要在这几千年的虞山之间寻觅自己的身影？

寻到了吧，该是如此的。我不经意地走在了自己的人生路上，风雨之中，柔弱成坚强；患难之间，真爱铸磐石；感恩路上，文字汇菩提；笔墨之间，书艺觅真然。

我，该是穿越了自己。年少时那个自认为不太美丽的女孩，如今却有着一身的优雅。是风雨历练，是慈悲满怀，是积极进取，是不争名利。如此，岁月便会有情，将我塑造，为我容妆。

我，亦是穿越了远古。吟一首唐诗宋词，已不知今夕何夕；弹一曲《渔舟唱晚》，亦忘怀身在何处；书一幅经书长卷，在墨香和时光里遨游千古，访几处古镇玲珑，在深巷和流水中怀古追逐。

我淡漠了尘世中喧嚣浮华，冷落了霓虹下觥筹交错。许多时候，我总是静静地，静静地，愿时光迟一点、迟一些老去。它不走，我亦不老，它走了，我也不说后悔。在世间的每一天，我都与茫茫宇宙相视，我来过，穿越过，留下多少尘埃，一花一草知道，足矣。

不久之后，当我将林间的照片和琴谱之作放于QQ空间，朋友们赞叹一片。一位德才兼备的信佛之友见之，夸我气质高雅之外，嘱我一句箴言：能容纳一切，并以一颗净美之心，感化周界，这是快乐之源，更是天地大美，圣贤之为。我回了一句：愿如此，求如此，唯独这样的美，才可以穿越古今！

旗袍与我

第一次穿上旗袍，是无意的。

好多年前的那个晚上，我与小姐妹在市里逛街，偶遇同事。她告诉我们，有家特别的店在打折，我们一听，就寻去了。一进门，果不其然，各式各样的旗袍展现在面前，我有些不知所措了，挂在衣架上的她们那么端庄，内心虽然喜欢，又真怕自己——一个农家女子，配不上这种典雅和高贵啊！姐妹们倒是乐开了花，说旗袍定适合你的，非要让我选一条试穿。是啊，爱美的我怎么羞涩起眼前这特别的美呢！我选了一条淡粉色的蕾丝旗袍，在试衣间怯生生地换上，姐妹又将我背后高到脖颈的拉链小心翼翼地拉好。此刻，镜子前出现了一个别样的我！一种古典的韵致，顷刻间在人与旗袍的相得益彰中显现了出来。第一次感受这种美，我竟微微的羞涩起来。姐妹们欢喜雀跃，"真美啊，萍，价钱不贵，我们给你再选一条。"我未曾想过，喜欢裙子的我原是更属于旗袍的。

这第一次的偶遇，第一次的心动，也渐渐让我更加懂得了自己。一颗静静的心，可以遨游在笔墨书香和琴曲诗词里，再是农家女子，也难掩其美，难挡其愿啊！而这些，抑或更多富有雅致的情趣和生活，亦是旗袍所希望拥有的呢！文静秀气的我第一次遇见了更美的自己。

一次便是一生，我相信。

曾经拥有无数条裙子的我，之后便对旗袍情有独钟了。

我常觉得，衣服与人也是有缘分的。每次试穿，我倒觉得不是自己在挑衣服，许多时候，是它们中的一个在等我。买衣有原则，不需贵重，适合自己便是美的。因为比较清瘦，衣裙只需最小尺码，而小尺码一般买的人较少，那些款式不错的旗袍就如闺中不被知晓的佳人，常常等不到钦慕她的主人。于是，只要我去旗袍店转转，不用挑新款，就能轻而易举寻到被冷落的她们。穿上一试，店员们总会情不自禁地感慨：这么合身，这么优雅，这放得很长时间的旗袍终于等到她要找的主人啦！嘻嘻，镜子前的我有些小得意。因为新款打折很少，而这些样式一点不旧、质量一点不差、做工可谓精致的"老款"既便宜又漂亮，我当然欢喜雀跃了。

旗袍，最早该是民国时出现的，印象中，电视里的宋美龄穿的大多是颜色较深、大腿之下分叉的丝绒或绸缎面料的旗袍。之后，凡是大户人家的女子，或是学堂里的女教师，或多或少，穿的都有旗袍的影子。因为那是一种特别的美，有大家闺秀的端庄，有知书达理的气韵，显现着秀外慧中又高贵典雅。如此，喜欢旗袍的女子也定如旗袍一样美。人美，美的不只是外表，是举手投足间散发的魅力。穿着旗袍的女子，优雅得能让盛开的花朵含羞，让尘世的繁华黯淡。

穿上旗袍的我，自然也美美的了。

相由心生，美也是如此。心底的和善，眼眸里的微笑，不论身穿飘逸的长裙或是典雅的旗袍，都会更显生动与纯美。

有一年初夏，我准备把用赤金泥粉写成的三幅长卷《常熟赋》捐赠给家乡，同事姐妹见我随便穿了条长裙，赶忙让我回家去换，她们一本正经地说，你那么多旗袍，今天这么特殊的场合，怎么能随便穿呢！我红着脸回家换了条旗袍。

当我已然将捐赠的这段电视新闻忘却，学校又突然问我要这段影像时，我从许多的文件资料中找到了它，重温那个场面，我暗自庆幸，那一身优雅的旗袍映衬着自然欢颜的我，甚是相符。领子下面有一小段是透明的，在雅致间透着时尚。修长的身子配上白色的高跟鞋与盘起来的秀发，一切都那么相得益彰。然后，展开长卷时的一颦一笑，说出心愿时的落落大方，现场挥笔时的沉心静气，又是那么和谐端庄。如一朵绽放着的荷花，清香扑面；似一首悠扬的乐曲，怡然自得。我喜欢这旗袍的一个特别之处，她长到膝盖以下，腿边不分叉，在如此重要的场合，她美得无懈可击。

记得还没学琴时，我请了一位远地的法师到新买的房子里洒净。师父进屋便说，室有清香，我笑问何物，他道：墨香经卷。见我，又问，在学琴否？我笑答：正有此意，还未学也。我思忖着，其实屋内高处，我的确摆了卷自己抄写的小楷《金刚经》，装于盒中。至于学琴，或是见我那几分气质也未尝不是呢？

当我将旗袍融入生活，将生活充溢在那些欢喜又雅致的爱好之中时，我懂得，我与她已然心心相印。工作与生活，生活与追求，融和着，就如旗袍在身，我自在安然，这便是我，我本该如此一样。连同昔日不常见面的姐妹朋友，也会从远方给我捎来一两条素净的旗袍，她说，看着你照片，就是穿越过来的古典女子，旗袍绝配与你！

风荷流香

那年,印社搞了个活动,请所有社员各作一方印石,命题是虞山四十八景中的任意一个。我扫视所有景点,毫不犹豫地选了"风荷流香",因为我生于夏,最喜的就是荷。不过尚湖的荷,那时,我还未曾与她相约。

2013年暑假的最后一天,我拉着老公,带上儿子,坐上公交来到尚湖。一家人齐来,还是第一次。尚湖与虞山山水相依,因姜太公在此垂钓而得名,800公顷水域碧波荡漾,燕鸥翻飞,菱荷滴翠,燕翔鱼泳,这些都是我未到尚湖就已了解的。

天公挺作美,空气凉爽,八九点还没有阳光。我穿着淡绿色的薄纱长裙,配了双中跟的凉鞋,不知是因为想着尚湖的美,还是飘逸着这一身裙摆,心情也是格外美。

我不晓得,今天我们与尚湖的约会能有几分醉人,因为我和我的学生们差不多在每年的春天都会与她相约。那常常是牡丹醉了我的心,雍容华贵已无法诠释她在江南一隅中熠熠生辉的芳容。我总是会深深吸一口气,尚湖太大,眼睛太小,不够看眼前的水,不够看远处的山。我总是会庆幸自己的存在,如画的山水为我铺,如诗的音韵向我诉。天地之中,我,虽小如尘,却能享此大美,可谓至大,也可谓幸甚。

今天,携着爱人的手,我要享受一番不同以往的尚湖美景。刚进入大门，就能在习习晨风中望见大片大片的荷。真没想到，即将跨入九月的尚湖，水面上还有那么多盛开的荷花。不管自己在尚湖的哪个位置，我只是沿着湖堤走，哪儿有荷，哪儿就留下我们的欢声笑语。看，那挨挨挤挤的荷叶上滚动着晶莹的露珠，滚着滚着，风儿一吹，叶儿沙沙，珠子叮咚，有的掉入水中，有的在另一片荷叶上继续舞蹈。想起那些早已烂熟于心的美文，再看着眼前的这片景象，更觉自己穷词末路，再无形容她的字眼蹦出，唯有一声慨叹，这鬼斧神工的大自然啊！

我独自找了处没有湖堤的池塘，也无心看这儿叫啥名了。我踮起脚尖，轻提长裙，想和这一池荷花来个亲密接触。我小心翼翼地伸出手臂，抚摸了一下那一朵离我最近的荷花。我欢心，仿佛她那洁白的身姿把自己的整颗心都浸润得洁白起来。

然而，是我的触碰惊扰了她的盛开？亦是她想让我窥见她更妖娆的舞蹈？几片花瓣缓缓地落入水中，我不禁"啊"地叫了起来，那瞬间的惊疑，定格在了我心上。或许，我不该自私地亲和与她。惊喜之中，循着她掉落的身影，我才发现自己的脚步已经动弹不得，原来，鞋跟已陷进土里，我不知所措。一只有力的手臂伸了过来，原来爱人早已守在几米之外，他说，"看你入神，没打扰你。"他倒是懂我，可我就怎么不懂这荷呢？

于是，我不敢独自"享荷"了。三人继续前行，至荷香洲西面，有一大片水上森林。一棵棵高大的池杉直立在浮萍覆盖着的湿地里，真是"树从水里生，船在林间游"。几个采菱的大娘坐在菱桶之中，一边采，一边吆喝："尚湖的菱儿干净又清甜哦！"我们漫步在树荫下的长堤上，脚下是水，身旁是树，鸟儿鸣在树间，笑语回荡四周，哪是一个惬意了得。有几个游客卷起裤管，在石缝里摸着螺蛳，清澈见底的水映着树木与人影，时隐时现。他们赤着双脚，大大咧咧地将水花溅起在低垂的头上，嘴里还一个劲儿地说："尚湖的水清,尚湖的螺蛳也是一宝啊!"我心底暗笑,难不成还摸回家吃啊。还没等我们走远,那几个人把螺蛳撒向了湖心,湖面上泛起了一圈圈银色的涟漪。

爱人边走边看边指路牌,他说,原来尚湖以荷命名的景点真多呢,什么荷香洲,流香馆,观荷桥,荷花汀步。可驻足赏荷的更多,这不,我又迈不开步子了。

我们来到了一池的荷花中间。这儿,水珠飞串成拱桥,以别具一格的方式迎接我们。儿子开心地挥手,水珠即刻断裂,飞溅全身,他大呼,"真好玩"。我提着飘逸的裙摆,轻采莲步在石板之上。我能想象,若是在七八月,荷花最旺盛之时,脚下的这些或长或圆的石板定是在花与叶间若隐若现,那我,岂不是身在仙境,宛若仙子了吗?我和爱人说好,明年一定早点来。

其实,我已如飘飘欲仙了呢!看,我纤细的双臂伸展着,双手落在低低的栏杆之上。身前是荷,身后是荷,淡绿的裙摆随风飘着,及腰的秀发轻轻扬起。花点头,叶轻舞,清瘦的我,从没觉得自己这么美,满心满眼的纯真无瑕。当我极目远眺,凝眸微笑的这一刻,爱人将它定格在了相机,留下了尚湖之荷中。嘻嘻,我是他眼里最美的那一朵吧。

有这么美的景致,有一家人的甜蜜幸福,我,又怎会不美呢?

这里,百步不离荷,千步荷花香。

在山水文化馆听古琴,在湖山堂里品香茗,在荷香洲中乘竹筏,在串月桥上望湖面,在牡丹园中观国色。一切的一切,都是景中景,都能情融情。

循着古琴声,我轻轻登楼,弹琴人身后的帘子外,一幅裁剪的立体山水画映入我眼,人与琴合一,景与音相衬,再是神笔也难将此画描摹,这就是音韵中的山水,山水里的人文。

至此,那一方"风荷流香"已深深印在了我心上。

漫步春光

元宵刚过,春寒料峭。几天的阴雨将湿冷的江南平添了入骨的寒,人们依旧穿着冬日的装束,穿梭于车水马龙之间,不敢有半点懈怠。然而,再是如此的春寒,只要春天真正来了,万物生灵都会发生悄然的变化,只要你留心那么一点点。

今早,晨光已经洒下,我沿河漫步,心情一路飞扬起来。左侧是宽阔的马路,右侧即是美妙的景致。昔日不知路过多少回,我都只在车窗外遥望。遥望河中婆娑的树影,遥望对河小屋走出的女孩,甚至遥望柳梢头下有无惜别的人儿。一次次的遥望即便有时未能如愿,却丝毫未减我对这沿河景致的喜欢,回眸时,偌大的江南都浓缩在了眼中。今天的我,终于停下前行的脚步,再不忍匆匆而过。

看啦,寒冬已将柳枝锤炼成春的模样,只留几片淡绿的细叶,似蜻蜓般的在枝上轻盈停飞,这是冬与春相融相续的礼物啊。有的细叶已经变黄甚至枯萎,但它们还不愿落下,蜷缩着身子仍在从容地注视我。枝上凸起的一个个小不点在轻轻诉说:"春天呀,就藏在我们的枝枝丫丫里。"

"万条垂下绿丝绦",细细的枝条竟凝聚着被折断的力量,倒向湖面,连同被那打了结的圆圈圈。我猜,定是有人嫌它太长,将它如头发一样挽起了吧!人们真是不懂,它本是属于湖面的,只有垂向湖水,你中才会有我,在四季的轮回里,这该是彼此最美的约定。

小桥绿树映水中，白云飘飘蓝天悠，没有美人卷珠帘，却是珠帘醉美人。看那一抹晨阳，透出万钧之力，要拂去冬意，温暖万物，想让春天来得更早些。我的确感觉到温暖了，宁静的湖面因为我前进的脚步，越发开阔起来，白墙黑瓦的旧时小屋林立在两岸，红红的灯笼点缀其中，小桥掩映在更远之处，这种韵味已不是一个美所能表达的。我一声长叹，我无法将你画出，我又如何将你诉尽？

　　河边一米处，设了一条长长的木桥，我尽管轻踏，鞋跟与木头咚咚的声音依旧很有节奏。其实沿河已有石栏，这长桥设在水面之上，又设护栏，定是为景而置。这别出心裁的举措让我有幸地走在上面，不同角度的体验一番。柳条荡漾在头顶，像从天而降的珠帘，和着光。参天树木下，一条黑犬也不忍心打扰这沿河一隅的安静，看到我，一点不叫。它的身旁，有脱下外套伸展腰身的阿姨。迎春花躲在一簇簇的枯枝间，只一朵两朵，却在积聚力量，继续等待一次次春雨，一个个朝阳。

　　醉人的景致让我忘怀了车声喧嚣，我是多么幸福呢，这晨光下，这自然里，我享受着多少悄无声息的恩赐。星云大师曾回答过别人的疑惑，你毕生辛勤，拥有多少呢？他笑语回答，天地万物都是我的啊，我可以看，可以听，可以想，我不是最富有的吗？

百合花开

生平第一次，我，被隆重地接受一束鲜花，在几百个人面前，在一个亮闪闪的舞台上。

鲜花用彩纸包着，淡淡的百合清香散发开来。我小心翼翼将它放在电瓶车前面的车篮里，降低车速，怕少了一花一叶。秋雨刚过，阳光微露，没有了来时的凉意，心里装满了温暖，思绪比回家的路还长。

怎么都没想过，自己曾经的苦难经历，最终演绎成了励志故事，事迹报告，赢得了荣誉和掌声。是啊，12年了，我从未敢做这样的梦。

第一个故事便是我的。

偌大的会场里，演讲者在讲述我的故事。

台下数百名听众都静听着一个女子的传奇。

我一手托着下巴，一手拿着先进事迹的报告议程，静静地坐在角落里，听着别人在说自己的事，心潮难平，不敢侧身，不敢回头，生怕别人看到自己眼角的泪花。

12年前的那个本命年，是我故事的开端，也是苦难的开始，两年中的三次大手术，九次化疗，将长发及腰的新娘折磨得面目全非。妈妈将眼泪藏在背后，笑在我面前，爱人不离不弃，日夜相守，因为这番真爱，我奇迹般地渡过了难关，并生下了健康的儿子。我的眼泪禁不住夺眶而出，幸运的是我，受苦多的该是我的家人，故事里的主角不一定就是最美的，任何让人感动的，都是甘心付出的那个。我好想身边坐着的是妈妈，是爱人，我可以在他们怀里痛哭一场，为自己和他们共同演绎传奇再潇洒地流一次真爱的泪水。

苦难不可怕，摧垮了一时承受不了的身体，却摧不垮用爱铸成的磐石般心灵。在一日日的阳光下，我懂得了活着的意义。为自己活着，为家人活着，为生命点亮一束不灭的光，感恩和追求成了飞翔的双翼。

"如今，满怀感恩的她依旧活跃在教师岗位上，手把手教孩子写字，成了大家口口相传的好老师，好妈妈，好妻子。更获得了全国规范汉字书写大赛一等奖，作品先后入展了江苏省首届妇女书法篆刻展、全国妇女书法展，作品被苏州档案馆，常熟博物馆等单位收藏，出版发行散文集《心有菩提》……"演讲者将我的苦难诉尽，神采奕奕地罗列着我取得的成绩。

记得在师范读书的时候，最早看到冰心的那段话，"快乐和痛苦是相生相成的，就像水道要经过不同的两岸，树木要经过常变的四时，在快乐中我们要感谢生命，在痛苦中我们也要感谢生命……"我将它用钢笔认认真真地抄写在笔记本的扉页上，几年后，这段似懂非懂的话语竟在自己的身上兑现，那么真实，那么用心。苦与乐，相融相交后，再见阳光时，已是温暖如春，心澄如水。冥冥中，人，一定要去经历什么，才能明白，才更明白，一句话可以似曾相识，可以诠释自身。

故事结尾，演讲者祝愿我的故事和书法及散文一样，越走越好，越走越远。我感动至极，悄悄拭去眼角的泪水。议程上要我们上台接受表彰，我还被邀请在舞台的中央。领导从礼仪小姐手里接过鲜花，径自走到我前面，将一大束百合放到我手里，向我致敬。我望着台下黑压压的人群，不想找谁，因为家人不在。我微笑安然，已经流过泪花的心灵复归平静，生活，依然日复一日，阳光升起，又落下。

一路上，好像从未有过的漫长，12年的故事穿越过路上的车辆和人群，我回到了家。

　　我将含苞待放的百合从彩纸里小心翼翼地打开，一朵朵欢心地插在盛满水的花瓶里，耐心地等待赏花人。百合，多么美丽的名字，是百转千回后的孕育才有了和合幸福的花开么？它那长长的花苞里装着的定是生命的精彩。那么，是谁让它这般绽放？是阳光雨露，是育者的付出吧！

梦与现实

我不会解梦,但确实做过许多神奇的梦。

2014年的江南文化节中,中国书法研究院院长管峻先生来常熟做汉字之美的讲座,我听得最入迷的是他说到解梦的片段,真恨不得把自己做过的那些梦挨个告诉他,请他给我解个清楚。

这当然是不现实的。其实,解不了,才觉得更加奇妙呢。

早在12年前做过一个噩梦,且是几天连续做同一个梦,所以至今记忆犹新。

梦里,一个面目狰狞的男子三番五次要拉着我走,我总是声嘶力竭地挣脱,但即便如此恐惧,我还是理直气壮地叫着"我不走"。那年是我本命年,几个月后,我被送进了医院,进行手术和化疗。这种噩梦,不用解也能说个大概,一定是不祥之兆。

后来做到观音菩萨与普陀山,内心分外清晰,是菩萨要解救于我,相托梦中。我,从此更加感恩,精进抄经。

一天天指尖流走的光阴,一年年有心无意的积淀,我不再有那样的噩梦,相反,有时梦的那么神奇,那么圆满。梦里,我合掌跪拜,相迎在观音脚下;梦里,我立于天地之间,祥云朵朵成"品"字。

那个梦,可真奇巧。一次宴会,我在其中,周围的人似乎都不熟悉。有人问我"如今你字越写越好了,要是有人问你买字,你会怎样?"我当即回答:"若是敬我、爱字又仁厚者,即便穷困,我分文不取;

若是无视作品，又无善心，哪怕高官厚禄，我也一字不写。"对面坐着个如和尚模样的长者，听完此话，竖起大拇指夸我。在旁的人说他会看相，我笑笑说"那你给我看看啊！"他盯着我看，我循着他的意念到了另一个空间，他真是个和尚，还持着一把禅杖，认真地和我说了一句话，就消失了。梦醒了，我甚感奇怪，赶忙询问庙里的姐姐，姐姐笑了，问我是不是在抄《地藏经》。我说是。有个朋友听了此梦，这样告诉我，这叫梦考，在没有现实左右的情况下，梦里考验一个人会表现得更加自在与真实。噢，原来这是最真实的自我呢！

都说，梦是平日的愿望或恐惧在睡眠时不受抑制的显现。所以为让自己的梦有方可解，我有必要讲讲白天的自己。

在经历越来越多时间的考验下，我爱上了写字，写得最多的是小楷经文。它让文静的我找到了一种释放自己的力量，一种超然于世外的宁静。如鸥居士（我常叫她姐姐）让我从《心经》《大悲咒》开始，抄写长长短短各种经卷。十年中，四大佛教名山已留下自己的手抄长卷，最长的是那次暑假到九华山佛学院献上的《地藏经》，达15米之长。不是为了什么，只是出于自己对佛的那份恭敬。或许，正是这份虔诚，梦中，总会与菩萨相遇。冥冥之中，我也似乎找到了自己该走的路。

我的梦里还出现过两次凤凰。

一次是大病过后，天上飞下一对凤凰，落在自家屋檐上，我惊喜万分，两个月后，还很虚弱的我竟怀上了儿子。

另一次是去年5月，我立于大地，抬头仰望，有一个相貌庄严的女子出现在天空，我十分欢喜，又不知是谁，后来，女子消失了，出现了一只瑰丽无比的凤凰。醒后，依然欢心的我仍然解不了神奇的梦。

在一岁岁的光阴中，我积攒着属于自己的财富，或字或文，亦善亦诚；在一点点的进步中，我寻找幸福的真知，宁静安详，感恩常在。在后来的梦里，我竟然被一位"导师"带领着遨游于世界，穿越于古今。我看到了大大小小的海龟，穿梭着的游鱼，领略到了我从未见过的风景名胜。我不知道，自己怎么会有如此的梦，难道是自己不懈的追求影射的？似乎是，又不是。

梦总归是梦，亦真亦假不会去考证，因为梦醒了就没有了。然而，总觉得那些梦与现实有那么一丝的相连。或许，梦中的恐惧就来自心底的不安，梦中的信念也折射出现实的理想。假使没有那样对小楷的痴爱，没有那般对菩萨的虔诚，最重要的是，若没有对生活的执着信念，不常怀一颗善良感恩的心，我也就不会有现实中的自己。

冬天的特别

四季中,冬天是很特别的。

它像个顽皮又浪漫的青年。常常只顾自己的性子,要风就刮,像刀子般打在脸上,要雨就下,连着几日,又阴又湿的天气让心情也没了阳光。脾气暴烈时,就结下厚厚的冰,给路人制造些不小的麻烦。难得也来点潇洒,纷纷扬扬下个半天大雪,那倒是一番好景致。如果说严冬里少了一场美妙的雪,那可真是一件憾事呢!不管是顽童还是大人,飞舞的雪花总能让人遐想,似乎因为它的到来,世界就变得澄净起来。

记得那次和儿子追着小白(小狗)在雪中奔跑嬉闹的场景,是多么快乐啊,漫天飞舞的雪花如精灵般在我眼前跳跃,仰望,双手捧着,待一片片雪花落在掌心,从指尖滑落,白茫茫的世界里,我如天使般睁开明眸的双眼,于这肃穆净美中,嫣然一笑。此情此景,唯有立在银装素裹中,敞开心扉地享受,才能感受漫天飞舞的雪,感受那份欢心和纯洁。或许,冬雪便是这"青年"送给喜欢它的人最美的信物吧!

冬天很多时候,是深沉的,无情的让人觉得冰凉冷漠。这与江南温润的脾气撞上了,会怎样呢?它俩谁也不服输,阴阴的冷,直接钻到骨子里。好想躺在温暖的被窝,或是逃到有空调的地方,只是不能如愿的当儿,幸有阳光看在眼里,不希望美丽的江南平添了许多被冻坏的佳人，常常放开宽广的胸怀，照耀着路人与怕冷的我。

我是极怕冷的。小时候怎么过的，似乎没多大印象，倒是师范读书时，对刺骨的寒冬格外清晰。那时，只要见到初升的太阳，我总是急急将被褥抱出来，晒在一条条间隔不大的铁杆上，希望暖阳照进每根纤维里，将热度留到半夜，温暖冰冷的双脚。晚自修结束，先将热水袋装好，焐在被窝，等洗漱完毕，即刻钻进去。刚开始，温暖将我包围，待书看了一两个小时，被窝里的热气已被我耗尽，渐渐地，我骨子里的冷直向被窝四周蔓延。我蜷着腿，弓成虾形，等待睡意成熟，可是，越冷头脑越是清醒，翻来覆去总是难以入眠。有时，对床的圆圆（室友小名）会悄悄爬下床，钻到我的脚边，用她温润的身体将我凉凉的被窝焐热，带着幸福的微笑，我暖暖地睡着了。是她一点不怕冷？还是有着温暖别人的好心肠呢？反正，她的"义举"让我一生难忘。

如今，冰美人（好听，暂用一下）会和严冬小做斗争。白天有空调，就多做点事，脱下皮靴，穿上保暖鞋，写字一点不冷。晚上没空调，只写一小会字，妈妈提前将电热毯开上，等我搬着笔记本在床上写文章时，被窝已经暖暖的了。敲击键盘时，手是不觉得冷的。当躺下睡觉时，才知道手的温度已不舍得碰到身旁的爱人，我会将手放进脖子里，感受冷暖的交汇，不一会儿，他的大手已将我的冰手夺去，紧紧握在手心，我感觉到一股股的暖流在我的手背慢慢传递开，连五指，到手心，等我觉得不再冰冷时，我能清晰感觉出他的手比我凉了。或许，这是冬天里最温暖的一刻吧！冷冷的冬让我害怕，但绝没有让我懈怠。有时，我还感谢它，因为我的许多文字都是在寒冬下的被窝里诞生的。这里有家的温暖，有心的飞翔。

即便怕冷，我也未将衣服一件件地裹紧身子。我知道，在御寒得当之外，是不用像外婆那般加了一件又一件的。寒霜下，北风里，我仍会打扮得如花一般芬芳。裙子依然是每天舞动的，只是少了春的艳丽，夏的飘逸，此时，它需要和这位青年相得益彰，黑色丝绒的连衣裙外披上或短或长的亮色羽绒外套，亦是红色的裙子配上黑色的短棉袄，都是经典又优雅的装扮。

  围巾，帽子自然少不了。细数每年冬天新增的围巾，如百花齐放了。今年自己还未买，光姐妹们送的，就有四五条，其中一条是大红底色上印着暗色花朵的羊毛围巾，我将它围在黑色的棉袄或呢大衣外面，平添了冬天的一抹靓丽。有个学字的孩子，得了我的字（学校表现好，我写小楷古诗奖励送孩子）给妈妈看，用心的妈妈用钩针钩了一副淡紫色的手套给我，怕厚了我戴上写字不舒服，她就以镂空和花边为主，薄薄的手套尽管御不了多少寒冷，却是起到了一点防护作用。看着它，不禁想起去年姐妹织给我的羊绒围巾，一样的美，一样的暖心。冬日，让不常联系却情意浓浓的姐妹们更加贴心了。

  特别的冬天，给了我特别的感受。怕它，最终还是爱上了它。

一转身的温柔

朱自清《背影》里的"背影"是父亲跨过月台时的一刹那。读过许多年，至今感动着他对父亲的那份深爱。

诚然，父母的背影更让我们怜惜与感动，同样，爱人的背影也温暖至极。

结婚才半个月，我就被病魔折磨得送进了医院。然后一发不可收拾，手术、化疗、再手术、再化疗——爱人天天守在我身边，看着我难受，他既担忧又心疼。白天的时间长，受苦的时间更是变得漫长。每天早上，他看我洗漱完毕，吃好早饭，就会出去买份报纸，再带点我想吃的东西回来。那些日子，我已习惯望着他转身离开的背影，平凡又温暖，才过没多久，我就会问身边的妈妈，时间过了多久了？他快回来了吧？看见门开，躺着的我总是笑脸相迎，他就慢慢给我读读报上的八卦，讲点幽默的故事。看着我时而一阵阵的疼痛，他就一刻不走，一边轻轻抚摸着我正在输液的手臂，一边擦拭我额头上的虚汗。有时推门进来的是医生或别人，我就细数一分一秒的嘀嗒声，继续耐心地等待。中午，他去食堂买饭打菜，看到他转身离开的背影，我就想着今天他会买什么好吃的给我。他一米七几的个子，微微发胖的身子，一点不讲究的打扮，如此平常的身影，每天在我眼前进进出出，晃晃悠悠，成了我精神上最大的依靠。

临睡前，他总是先铺开小床，看会手机，再望望病床上的我，问我有没有不舒服,需不需要吃点粥,才放心睡下。我白天睡过,倒常能听到他的鼾声,看着眼前这个英俊的新郎,还没有享受爱的甜蜜却在病榻前将我照顾得体贴入微,禁不住别有一番滋味在心头。

在手术及化疗期间,我的抵抗力、消化力都很差,没有胃口吃东西,他就和妈妈变着花样去做,去买。我想吃苹果,可牙齿发软,他就用小勺慢慢地刮我吃,边喂边看着我。我说,都成光头了,还看。他笑笑,就是盯着我看,怜爱写在他脸上,直到两人对视得眼睛吃不消了,就一起咯咯地笑。痛苦的日子里,有了这些欢笑和甜蜜,总会在心间升腾起一股股爱的暖流。

有一天,我特别想吃荠菜羹,偏偏那时不是荠菜上市的季节,他跑了好远,兴奋地给我端来了做好的荠菜羹,可我吃了两口,又恶心地摇了摇头。他望着我,眼角充满了失望,更多的却是心疼。他想让我多吃点啊!他转身离开了。我能猜到,他一定是去擦拭眼角的泪花了。在那些难熬的日子里,他知道,没什么可以替代我承受的痛苦,唯有他的那份深爱将我小心地呵护与疼惜。我望着那扇门,想叫他回来,可话到嘴边,心酸的泪水早已夺眶而出。面对这么好的爱人,我却在用病痛与折磨考验着他,是多么地不舍与无奈啊!

在妈妈和他的呵护下,再多的苦痛,也抵挡不住温暖与至爱的无穷力量啊。

后来的故事终于皆大欢喜。我吃了很多苦,但是总算渡过了难关。他照例去远方工作,难得回家几天又要离别。我在妈妈身边慢慢地调养身体,重新踏上了心爱的讲台。再后来,我们有了可爱的儿子。

无情的风雨磨砺了我们的爱情,更成全了我们的真心。但,故事还没有结束,那些忘怀不了的我和他之间的爱的片段,总是清晰地浮现在脑海。有一天,我提起笔,将我和他的故事诉诸了笔端,写成了感动过许多人的《传奇》。当他看到文章后,斩钉截铁地在电话那头说:我决定回来了!于是,他辞去了十多年来发展得较好的工作，从千里之外，返回了我身边。

都说"好男儿志在四方"，他的工作与事业是他自己一步步努力得来的，而若是回家，他就要放弃已有的一切。在家与工作中抉择，对于在外工作得很顺利的他来说，一定是艰难的。我怕他为我而委屈了自己，认真地问他："你再想想，不管你做怎样的决定，我都不怪你。"

他真的回家了，再也不要我独酌相思酒了。同事们开心地说："牛郎织女总算能在一起了。"小姐妹笑嘻嘻地问，"现在那些相思的诗词写不出了吧？"

他一面自己在市里找工作，一面忙着买房的事，奔来跑去，从不说个累字。妈妈心疼他，让他别担心工作，挣少点没关系。我也安慰他，一定别有压力，能在一起，团团圆圆，比什么都开心。

回家了，他舍弃了顺利的事业；团圆了，他负起了一个男人更多的责任。家，成了完整意义上的家，爱，也浸润在每个平凡的日子里。

我们在家时，他常系上围裙，在灶前忙得不亦乐乎。我说，要帮忙吗？他一边洗菜，一边瞟着锅里的鱼，笑笑："你累了，去沙发上躺躺吧！"我出去了，把厨房的玻璃门拉上，依然听到锅碗瓢盆在他手里拿呀放的。隔着门，他忙碌的身影还是那么清晰，我能断定，他的额头一定沁出了汗珠，工作了一天的他也一定累了。可是，因为要让我多点休息，多些营养，原本什么菜都不会做的他竟然从网上很有耐心地学习菜谱。一次、两次，渐渐地，起初看着菜谱做菜的他慢慢熟练了，做得也越来越美味。儿子夸他，老爸比好婆做得还好吃。

躺在沙发上的我甜蜜又深情地望着他的背影，感受着家的温馨与幸福。这个与我风雨同舟的男人没有一点大男子主义，有的只是全心全意把我照顾好，把家呵护好的爱人形象。

享受完他给家人带来的美味，他又动手洗碗。我说让我动动手吧，他手一甩,你去洗手吧,等会还要练琴呢!我说,我这不成贵宾啦?呵,你比贵宾还珍贵哩!有时,他打电话给他父母,电话那头总是嘱咐他要好好照顾我的话,我抢过电话,开心地说:妈,你放心吧,他照顾得比我妈还周到呢!

那天,我学完琴,他接我去书店买钢笔。我坐在他的电瓶车后面,双手抱住他的腰,头贴在他那宽大的背上,一阵阵凉爽的晨风将我的长发飘起,我惬意又快乐。等红灯的片刻,边上停着辆豪车,他转身与我耳语:"你这小才女,应该坐宝马啊。"我用拳头敲了他两下,傻瓜,什么好车也比不了坐在你身后开心啊!

第二辑
芳草心田

土豆的收获

如果不是亲眼所见,还真把他们的话信以为真了。

告诉我事实真相的,竟然是不会说话的土豆。

一个多月前,妈妈让我买些土豆回家,当种子。我问,怎样的算是好种子呢。她在菜园里边忙着翻土边回答,外皮上有凹下去的小眼眼,就能长芽儿。

为了完成任务,第二天我就把菜市场兜了个遍。不仅细看,还摸摸土豆的外皮,新的、老的,大的、小的,就是没找着有许多眼眼的,问遍了菜贩子,他们个个都对着我摇头,说,这是吃的土豆,作种子可不行。我刨根到底问个究竟,他们偷偷告诉我,不要说这儿,连批发市场里卖的土豆也没芽孢,因为都被下过了药水。我想,他们说的该是对的,不然,为啥有上门的生意不做呢。土豆虽没买到,心里倒不由得升腾起一股敬意,以表示对他们诚实经商的高度赞扬。

妈妈说,没有就算了。

此后我也没再问种土豆的事。

从四月中旬开始,爸妈每天傍晚总要在河边的小菜园里忙上好一会儿。我收拾衣物,煮饭烧菜。待夕阳的光芒渐渐消退、昏黄与淡蓝交织的天边只剩下几缕彩云时,一家人的晚餐才开始。那阵子的饭桌上,爸妈说得最多的也是明天要准备种什么,哪儿需要翻土,哪儿要浇点粪肥。乐呵呵的说笑声中掩盖不了他们疲惫的身子。饭后八点不到,累了一天的妈妈就上床休息了。我不忍心他们这般辛苦,只能劝他们少种点。而妈妈呢,嘴上总说不累,还言之凿凿地宽慰我,忙过这一阵,要不了多久就能吃上一暑假的菜哩!

现在是五月底的一个傍晚,妈妈照例在菜园忙碌。"阿萍,快来!"妈妈兴奋的喊声让我跑进了难得去一看的菜园。"看,这么多土豆!"妈妈说,"还说不会生的呢!"我看着新鲜的土豆,纳闷了,这是街上买的土豆种子生的?我不是没买吗?妈妈告诉我,后来她买了准备做菜用的土豆,又不死心,就试种了几颗。"就几个土豆,一点地方,竟然长这么大,这么多。"妈妈满心欢喜。我看着爸爸用锄头翻出来的土豆,个个白嫩嫩,圆滚滚的,在只有一米多见方的地方,清清爽爽地躺着,看着真喜人啊。

我终于明白了,土豆总是会生的啊!任凭是否如菜贩们所说浇上了药水,任凭我也没在它们身上找到很多眼眼,呵,看来经验有时也会害人啊!

后来我琢磨着,可能菜贩们说的不能做种子,只不过是一种策略,无非是想让我一直去买他们的土豆。他们害怕要是好多人家的菜园子都种了土豆的话,很难想象,两个月后他们的土豆生意就不好做了。虽然我有一种被欺骗的小感觉,又有着无与伦比的激动——因为我知道土豆是可以做种子的,是种子总是会生长的!

这不会说话的土豆不仅给我们收获的喜悦,还告诉我不少普通又深刻的道理呢!

菜 园

　　看着自家葱葱郁郁的菜园,我总算明白妈妈说的"能吃上一暑假的菜"的话了,还一点不假呢。

　　我家的小菜园虽然不大,却占尽了天时地利人和啊!我家东南面有一条终日流淌的小河,村里人叫它内河,东北面是更宽阔的外河。内河和外河呈"T"形相交,在两河交汇处设了个水闸。水闸就在我家当作储藏室的小屋边上。五六年前,村里整修了内河,从开阔的河面聚拢到水闸处,形成了一片由窄渐宽的梯形空地。菜园就在这有利的条件下被勤劳的妈妈开垦了出来,种上了各种蔬菜。经年累月,妈妈下班回家,大都在菜园里精耕细作,除草间苗,小小的菜园便一直长势喜人,生机勃勃。

　　还是让我来仔细描述一下我家的菜园吧,从院子东边的小侧门出去,迎门面河是一个高大的葡萄架,葡萄藤蔓牵丝缠绕在头顶上,浓密的叶子若隐若现着,已经长出了一串串幼小的葡萄,伫立葡萄架下,是炎炎夏日里看河边景致的好地方。爸爸不仅搭了葡萄架,还在葡萄架下砌了块水泥板,当桌子用。在葡萄架下劳作,或洗衣刷鞋,或选种摘菜,冬暖夏凉好不惬意。

　　葡萄架往北,就是菜地了。先是两片苋菜地,一片刚冒出丫丫,另一片长势旺盛,自家餐桌上吃了已有十来天了,特别鲜嫩爽口。妈妈怕老了不够好吃,勤种勤吃,一拨没吃完又把种子撒下一拨。

接着苋菜地的是一朵朵生菜，许是太密，显得挨挨挤挤，当叶与叶之间有点变黄的迹象，妈妈就从最密处动手，间掉几棵，这家伙，生长空间一大，便越发自在地疯长，长得要接近卷心菜大小了。生菜附近是刚翻的土豆地，土豆收获了满满一篮，爸爸笑眯眯地将它提进屋里。两排壮壮的韭菜在向我弯腰点头，一定在笑我又要三天两头折下一把去做鲜香的韭菜薄饼了。紧挨韭菜的是会爬高的黄瓜与豆角，爸爸早已用细竹和油菜秆子将它们整整齐齐地搭成"人"字，上面用长秆子固定，横向用布条和铅丝扎牢。这架子搭得好不好，直接影响到黄瓜、豆角的生长，不仅要让黄瓜、豆角乖乖地向上攀爬、向里生长，还要经得起台风雷雨的严峻考验。黄瓜藤已经爬了小一半，黄色的小花却已开了好多，细小的黄瓜已经露出了头。最后边是一行茄子，紫色的小茄子晃晃小脑袋，争先恐后地挂在黄瓜附近，兄弟俩像是要一比高下似的。

  我沿着河堤，慢慢走到最北处。"高个子"黄瓜架和豆角架的后面，竟然还有很多"宝贝"，可能是为了防晒吧，都用蛇皮袋遮住了。轻轻掀起一看，原来是五六墩瓜秧。我问妈妈，什么瓜啊？她说叶大的是冬瓜，叶小点的是香瓜。南瓜没种在里面，种西面刚开垦出来的地上了。怪不得河边横七竖八地架上了许多根竹竿嘛，这下我懂了，想让瓜秧向河面上爬哩！我想起去年看到的好多的瓜都挂在河面上呢！简简单单的用心，却成了瓜藤欣欣然的家园。

  向阳的土地，临水的园子，再加上勤劳的双手，便成了一片富饶的菜园。

韭菜薄饼

韭菜薄饼,这是我自己给它取的名字,因为方言那几个字还不知怎么表达成普通话。简单地说,就是一张薄薄的面皮,里面伴着切得细细的韭菜。我爱吃,妈妈爱吃,连挑食的儿子都夸我比奶奶做得好吃。香香的薄饼,烫手时是最好吃的了。

怎么做呢?我先舀两三勺面粉在一个大碗里,拍一个鸡蛋进去,跑去菜园里摘一小把碧绿的韭菜,洗净,切成星星点点状,倒在面粉鸡蛋的碗里,放点清水,用筷子搅拌均匀成糊糊状,放进味精、盐,等上两三分钟。

接着,往锅里倒上两勺菜籽油,等油七分热时,把碗里的面糊倒进锅里,轻轻提起锅,均匀晃动,让面糊随着锅子的边缘缓缓延伸。油所到之处,将面糊黏住,即刻,一个圆圆的白里透绿的面皮就成形了。我喜欢做成薄薄的,所以每次倒的面糊不易多,见面皮成形,我马上将火开小些,手提起锅子轻转,让面皮每一部位均匀受热,等着面皮变色,就表示下面的皮子已熟,需要翻面。而这也是摊这个薄饼最关键的时候,如果翻不好,就会将这面生的和下面熟的混在一起,不仅形状不好,也影响口感。在翻面前,我预先在锅子边缘淋上一圈油,待油慢慢渗入锅底时,左手搭着面皮的一边,右手用锅铲小心翼翼地用力一翻,就这么成功翻了过来。当然,这也需要好多次练习才能达到娴熟的。

在煎韭菜薄饼另一面时，需要再淋些菜油，渗入皮子，转动锅子，使下面的皮子也均匀受热，等待面皮变成金黄翠绿的亮时，才可以关火。

整个过程可以用两句来概括"万事开头难"、"过程踏实做"，若是准备工作不周全，每一步不细心，这闪着金色的韭菜薄饼就不可能色香味俱佳啦！

最后，我在大的砧板上铺上洁净的纱布，把锅子里的圆饼倒翻在上面，用刀轻轻地切成米字形。闻着韭菜蛋香，看着一个个小蛋筒形状的面皮，青里透着晶亮的黄，满心的欢喜。我把它们整齐叠好，装进饭盒，带到学校，请同事们分享。当我还心有顾虑地担心同事们刚吃过早饭不一定有胃口时，她们已经秋风扫落叶般地分享完了，嘴里还连连说好吃好吃，真是色香味俱佳，下次多做点哦！

从此，每回学校组织春游，我总是会带上一饭盒，和大家一起分享亲手做的韭菜薄饼。也许是同事们经常吃美味大餐，难得吃上一两回"乡土"的韭菜薄饼，还真十分惬意呢，他们都称赞说这是小时候的味道，很香，能勾起童年美好的回忆。

没想到这小小的韭菜薄饼，不仅好吃，还能让大家回到童年。这意外的收获，更让我觉得韭菜薄饼的香甜了！

豆　干

豆干，一种普通的食材，能在大江南北烹饪出无数种廉价的美味，真是它的大贡献。它来源于豆子，比不了豆腐的嫩、滑，却自有它的劲道，煎炒炖炸，无一不可，做菜之外，还可变化成各种味道的豆干小吃。

小时候，吃得最多的是豆腐。每个清晨总有一个骑着自行车的中年男子在村子里唤着"嫩豆腐嘞！"等到清脆的车铃声回荡在自家屋旁小弄时，"等下。"妈妈亮了下嗓子，从碗橱里挑了个大碗，我呢，差不多一听见妈妈的回音便会蹦跳着出现在她面前，欣欣然接过大碗和一枚5角的硬币，跑出去寻找那个买豆腐的叔叔。一回生，两回熟，叔叔见我懂事乖巧，总是乐呵呵地多切一小块豆腐给我，妈妈呢，看到翘着羊角辫的小女端着比邻居家买的分量要多的一大碗豆腐时，总是笑眯眯地夸我。那时，豆腐是家里的常客，因为比起街上的其他菜，它最便宜，很多时候，妈妈总是将一碗豆腐炖在饭上，滴几滴菜油，撒一点味精，再炒个青菜，就此打发一天。

其实，豆干也不贵，但是买了豆干，总要配点其他蔬菜和它炒炒。我和妈妈血压、血糖都偏低，家里不种药芹水芹等，桌上自然就少了一道芹菜炒香干的家常菜肴，所以儿时吃豆干的日子屈指可数。只有等到家里小河边的茭白鲜嫩可口时，才会买上几块红豆干，切成薄条状，一起翻炒。那时，油少，也没有肉丝增鲜，唯有客人来，才会舍得去街上买点瘦肉。因此，豆干无论怎么炒，我总觉得它并不是特别好吃，不像豆腐，随便拿酱油腌下一小块，我也能吃上一大碗粥，童年就这么简简单单地飞逝而过。

常吃豆干的日子，大概是结婚以后了。因为老公爱吃，我也渐渐喜欢上了有豆干的日子。大蒜炒豆干，猪肝炒豆干，香芹炒豆干，豆子炒豆干，凡是他觉得能组合在一起的就一定会尝试，自然，这些炒菜里都少不了肉丝，小时吃不到瘦肉的我，一点也没有想补偿回来的欲望，总是问一句，放肉丝干嘛？他一本正经答道，调鲜啊。的确，肉的鲜香经过炒、焖，逐渐渗透进豆干之中，原本少味的素食在时间、配料及有心人的作用下慢慢变成了一种家常美味。

不仅如此，超市里各种散装的豆干也成了家人常吃的零食，苏州特制的卤汁豆腐干香甜可口，咬上一口，里面满满的汁水时不时从嘴角溢出，这种水漉漉的甜就是江南的味道，我喜欢，而老公不然。他喜欢咸，香，辣，是大江南北普遍重口味的典型。散装豆干就是附和了大众的口味，香菇豆干，香辣豆干，鸡汁豆干等应有尽有。包包里放上几包，饿了来一包，馋了过个瘾，逛街游玩时随取，烧香拜佛时必备。

记得暑假里在去九华山进香的大巴车上，各自包包里带得最多的是豆干，有如我一样从超市里买的，也有许多人是半夜起来烧煮的。这当儿，大家喜笑颜开，像一大家子般亲切。有个五十多岁的阿姨，煮了满满一大袋子豆干，从车头一个个派发到车尾，她一手扶着过道里的座位，一手给我们递豆干。边笑边说："半夜起来煮了一个多小时，大家尝尝。"我尝了一块，欣喜，是我从没吃到过的味道，好像混着几种香，微甜，细细嚼，还有一丝辣，汁水又多，软硬适中。这比买的好吃多啦！怎么做的啊？先尝的连连点头，问着秘诀；没吃到的已嘴里生津，迫不及待，车厢里因这豆干顿时欢乐了很多。"阿姨，还有吗？我还想吃。"我像个孩子一样，总是在这些香客间没大没小。阿姨从车尾折回身来,笑嘻嘻地把袋子递给我,"还有几块,都给你。"我接过袋子,咯咯地笑。"你也是大孩子,吃吧!"另几个阿姨也拿出了自己煮的豆干,味道不一,但都没刚才的好吃,或许是吃多了,别的就没味道了。我正儿八经询问阿姨美味豆干的制作方法,阿姨笑笑,"有沉香、桂皮、冰糖、茴香还有辣椒等,对了,你别记啦,以后阿姨做给你们吃就行啦!"

附近的小街上有野味卖,我和儿子隔三岔五会买些其中的豆干,当作傍晚填肚子的美味小吃。小白(我家小狗)闻见了野味的香,在身旁转悠,我掐了一小块给它,它舔了下,一口吞了,这家伙,鬼机灵着呢,什么好吃都落不下它!

远来的荔枝

水果之中,荔枝是我不爱吃的,也不知为什么,就是不喜欢那种味道。这与别人虽一点不相干,人家却总觉得不可思议,那香甜的美味博得了杨贵妃的嫣然一笑,却有我这般不解味道的人对它敬而远之。

但是今天,桌上的一盒荔枝,让我分外动容。

它是从遥远的南方来的!你要笑了,热带水果本来就从那运来的啊。可是,你一定没有想到,若是一个人从大老远的热带地区买了好多,再千里迢迢飞机、汽车奔波至家中,再一路颠簸地把一盒荔枝放在面前,你会有何感受?

你或许会和我一样感动至极的!

还是让我将这荔枝好好说与你听吧——

十多年前为我治病、十多年中常给我问候、十多年后越加让我敬重的一位医生,他叫虞慕堂,是一位长者、良医。不久前他女儿去海南游玩,或是父亲的嘱托吧,他女儿在海南买了上等的荔枝,小心翼翼从飞机上带回来。带到家里,父亲尝了,果真是不一样的香甜。善良的老人突然想起我这位曾经的病人,便冒着暑热,从市里转了几次公交车,到了离我家较近的医院——那儿有我的阿姨在,也是他曾经工作过的地方。他告诉阿姨,荔枝一半给她,另一半转送到我家。

于是，新鲜的荔枝在他们温暖而及时的传递下，到了我的家，摆在了我面前。

儿子没吃过荔枝，见这眼前的一大盒，连问了几遍："妈妈，这很好吃吗？"我回答得当当响："当然好吃！""那你怎么不吃？""我吃，我今天一定要尝的！"看着一颗颗淡红色又圆又大的荔枝，我第一次亲近它。我小心剥去凹凸不平的外壳，一大粒晶莹透亮的果肉顿时鲜艳欲滴在眼前，我将它轻轻送与口中，甜甜的汁水盖住了荔枝独有的香味，突然间，我若有所悟，原来我一直用鼻子闻，没有用口去品尝它，故而那种香甜总被自己的固执蒙蔽而望而生畏了啊。

儿子见我开心地尝着，也动起手来剥着吃。"真的很甜，真的很好吃呢！"我顺势吟道，"日啖荔枝三百颗，不辞长作岭南人。"开心地又吃了几颗。儿子也连吃了几颗，还叫嚷着："好婆阿爹也来吃啊！"一家人围在荔枝旁，享受着美味，还有藏在荔枝中不尽的感动。

我知道荔枝属热性水果，一次不宜多食。便将剩下的荔枝放进了冰箱，等明日再解馋吧。

临睡前，我按捺不住心中的温暖，给虞医生发去了一条短信：虞医生好，你对我们实在太好了，那远道而来的荔枝含着你女儿和你的多少辛劳，丽萍感动至极！荔枝很甜，连平时不吃它的儿子也尝了好些个，您还亲自送来，又不让我们招待一下您，叫我如何受得住啊！万分感激，谢谢您，祝您及家人永远平安幸福！我知道他那时一定已经睡下，待第二天才能看到信息，但我总是送去了自己的心情，此时此刻，真的只有短信才能述说出这些难以用言语表达的文字。

第二天一早，他真的看到了，也回了条长长的短信。来信又让我知道短信是可以成为文学作品的，你再写下去，我会飘然飞扬的！

我还欠你一次聚会，秋后再还账了，向你母亲及你的小家全体人员祝夏安！

面对这样的长者，短信中所说的欠我的"聚会"，再一次让我感动了。这还得从我的书说起。

我曾经写一篇关于他的文章，因为他医术精湛之外，人品更让人钦慕，对我在病中的境遇给予过很多关照与安慰。为表自己的心意，我把这篇文章收进了新出版的散文集《心有菩提》中。那天，我将谢意蕴含在散发墨香的新书中放在了他工作的门卫上。他见到书后，好像得了一份受不起的礼，一再说不敢当得如此谢意，好像他对我的关照不该让人记住一样，自己反倒不好意思起来。而在文章中我压根就不敢一丁点夸大其词。他的谦虚让我真觉得可爱极了。然后，我在短信中预约他方便时吃个便饭，以表全家的感激之情。谁知等到他再回话时却让我惊呆了。他要我将家里的详细地址告知于他，然后在附近寻好饭店，等天凉快时，他要来作客，但有个前提，一定要把这账算在他头上，不然他不答应。

真是可爱的老头儿，让人可敬可亲又可笑！爱的是他为人，如那远来的荔枝一般，含于口中的是甜味，溢在心底的是敬意。笑的亦是他为人，幽默、真诚、谦逊、仁爱，懂得将欢笑和快乐带给平凡的如我们一样的后辈！

越存越甘醇

世间有许多东西都是越存越香甜,越放越醇厚的。好酒如此,佳作如此,连秋收的红薯都是这品性。

每每收上一大筐红薯,妈妈会把它们一咕噜倒在院子里,在阳光下边晒边分大小、好坏。看着它们,我已经不像儿子一样吵着急于享受它们了。我知道,现在的它们还少了点味道,待放的时间久一些,它才越发美味。那种甘甜,仿佛是阳光和泥土芬芳的聚会,是我、儿子连同其他水乡的孩子都欢喜的味道。

大半个月后,妈妈变着法儿将它们请上餐桌,给全家带来一道道天然又健康的美食。普普通通的它们或蒸或煮,亦是削皮后生吃,都能吃出不一样的味道。

刚煮好的红薯温度极高,香甜的味道在空气中弥漫开来,直钻我的鼻翼。我将它小心翼翼取出,一边剥,一边吹,薄薄的外皮包裹着金黄至红的薯身,实在烫手,迅速将它换到另一只手,这当儿,嘴巴已迫不及待凑上前咬一小口,即便烫嘴,甘甜已入心。煮红薯的法子方便,只需将红薯洗净,放大锅里煮上些时候即可。我发现,小时候爸爸在灶膛下用柴火半煮半熬的红薯更是香甜。

而那时,小小的我最喜欢玩的是在灶膛下煨山芋。亮堂堂的灶膛映红了嫩嫩的小脸,我一边烧火煮水,一边将存放上一两个月的中等个头的山芋用铁夹送进灶膛,埋在炭灰下面。等一大锅水烧沸,锅盖上热气直冒，我便会偷偷拿着小板凳垫在脚下，拿水瓢舀起半瓢水，学着妈妈的样子小心翼翼泡在水瓶里。有时被妈妈发现，嗔怪几声，我就立马跑到灶膛前，寻找自己的劳动成果——一个黑乎乎的山芋。待小手将黑皮剥掉，送进嘴里，满口的香甜着实胜过吃到了蜜糖。这不是烈火的功绩，是燃烧成灰的柴火将它慢慢烤熟的过程，这普普通通的山芋在特定的时空下煨透成熟，便有了格外的香甜，吃到最后，才发现小手是黑的，镜子里的嘴角也是黑的。

许多时候，妈妈是将红薯去皮切块放粥里同煮的，当红薯熟时，粥也稠了，红薯的香甜浸润在整锅粥里，淡了红薯，却香了白粥。它们互相融合，成了我的美味早餐。有时儿子去街上吃面，我总是吃了红薯粥再带他去，旁人见了，总和我打趣：怎么儿子吃面自己不吃呢？我笑笑，家里红薯粥、南瓜粥还没让我吃厌呢！其实，喜欢清淡和粗粮的我，吃不惯那野味香浓的汤面。

若是去皮切块单煮红薯汤的话，我总会放点冰糖进去，让两种不同的甜相溶成另一种醇香清甜，喝几口汤，吃上几块软软的红薯，儿时是一种享受，如今，它更称得上一道健康甜点了。简单又自然的食物，最后总是会被人接受和喜欢的。或许红薯是如此，人心亦是如此。

一样的东西，因为时间的等待、熬煮，它们可以越发甘醇。想想人也如此，我们也是原来的那个自己在时间的容器中慢慢煎熬成现在的自己，只不过有的熬得更加有味，有的熬得还不够。生活的喜怒哀乐，就是时间给你的调节剂，这一切终将过去，待你找到生命的意义或是幸福，那么你就是一个煎熬成功的你，你拥有的真善美会冲破时间，无视生命的长短，行将下去。

儿子和我一样，看到红薯，吃着红薯，也写一篇《收山芋》。读着儿子的作文，我不禁感慨，我就是如他一样过来的。人，都是时间的孩子，只是都在走一样又不一样的路而已。还是让我们来分享一下他的作文吧：

收 山 芋

今天是国庆节，阳光明媚，真是个收获的好日子，我缠着奶奶去家附近的小菜园里收山芋。

山芋叶长得真茂盛啊！它们挨挨挤挤地伸长了脑袋，交头接耳般地相互缠绕着。"今年的山芋肯定是个丰收年啊！"我自言自语道。奶奶弯下腰，手拿镰刀，一边把山芋藤割断，一边说："那也不一定哦！"此时路过一位外地来的阿姨，她和奶奶打起招呼，还问奶奶："能不能将山芋头给我一点，我回家拨了外皮做菜吃。"奶奶笑嘻嘻地满口答应了。我心里嘀咕，山芋能吃，这藤藤叶叶原来也有用啊！

一眨眼的工夫，地上的藤叶已被奶奶收拾到一边。我催着奶奶快些起山芋，奶奶用铁耙轻松地往土里一耙，一个大大的山芋就露出了可爱的脑袋。我迫不及待地跑上去，用手一挖，胖嘟嘟的山芋就到手了，我兴奋极了。还没等奶奶耙两下，我就跑上去捡。可是，怎么，山芋变得没我想象得多了呢！奶奶笑了，今年暑假里雨水过多，这边的小菜园又背阴，少了阳光，收成自然会减少啊！正当我有些沮丧的时候，奶奶一耙下去，呵，一个大山芋被耙成了两半，一半在铁耙上，一半留在了土里。我笑了，"奶奶，你瞄得太准了呢！"

土里的山芋越来越小，我还发现了另一种颜色发白的东西，我以为是土豆，奶奶告诉我那是正宗的白薯，就是个头太小了。奶奶耙完了山芋地，可我的兴头还没过瘾。我只好在土边看奇妙的昆虫世界，这儿有大名鼎鼎的松土专家——蚯蚓先生,还有我叫不出名字的怪怪的小虫子。

山芋虽然收得不多,但我也体验到了劳动的快乐,收获的喜悦。

都问时间去哪儿了,其实彼此都明白,它在父母的两鬓白发里,在孩子日益长高的个子中,在月满西楼的思念间,在日复一日的疲倦里……

久不联系的朋友看我新近的空间作品,大为赞叹。我向她表示歉意,说好送她的散文集还没到她的手里,她发了个笑脸,说不急,好东西越存越甘醇,就如看你的作品,时间流逝,越发精神,馥郁芳香。

是啊,无论是过去的时光,还是未来的岁月,都让我心生欢喜。

小家的风尚

孩时，有那么几个月，中午寄在奶奶家吃饭。她要么热热隔夜的饭或早上吃剩的粥，要么就是煮上半锅南瓜，难得去菜园里摘点蔬菜，也只放少许菜油，将菜哗哗一炒就用来下粥或下饭了。碰上南瓜粥，奶奶许我放上一勺糖。我虽然不挑食，可毕竟还小，吃了几个月，竟在妈妈面前流下了眼泪。因为下午念书没多久，我的小肚子就会咕噜咕噜地叫。我总以为奶奶偏心才对我这样，后来才知道，奶奶自己也是不舍得吃的，怪不得她的南瓜粥里从来不放糖，炒了青菜她不下粥吃，说有咸菜呢！七八岁的我不懂，原来这就是节俭。

妈妈不忍心我一直这么下去。她用小刀在长方形的铁皮饭盒里面划上一条线，每天给我准备中午的菜，有时是咸菜肉汤，有时是青菜加个荷包蛋，还有时候是爸爸隔夜抓的小鱼，妈妈一早烧好的。从此，我自己拎着饭盒去学校食堂加水蒸饭，从此，妈妈也起得更早睡得更晚。那时她在镇上上班，爸爸在更远的南湖砖瓦厂干苦力，家里还养了几头猪，每个傍晚，我总能看见妈妈瘦小的身影在小屋和菜园里穿梭，霞光映照在妈妈的额头上，亮晶晶的。我搬着小凳子在屋檐下写字读书，每每抬头，总想问妈妈：你脚步极快，那装着满满猪食的桶难道一点不重吗？爸爸是个干苦力的老实人，大小事不会拿主意，村上有些人会背着妈妈说他几句憨傻之类的话语。

在妈妈的庇护下，我倔强起来，为她擦干被爷爷奶奶冷落的眼泪。

在妈妈的勤劳中,我成长起来,优异的成绩、勤劳的小手,成了妈妈贴心的小棉袄。

在妈妈的怀里,她告诉我她小时候的故事。我的外婆其实是她舅妈,妈妈是被领进她家做女儿的,原因是外婆当时一直怀不上孩子,在妈妈进门之前,也领了一个,没多久却夭折了。后来,外婆顺利地生下阿姨和两个舅舅。从此,成了长女的妈妈自己是个孩子,却还要照顾弟妹,帮忙料理家务。等到阿姨背着书包上学,妈妈也开心地跟着去了,只是没有书包,坐了一天的空桌子。勤劳善良的妈妈多么想和别人一样上学读书啊,可是,坐了一天的板凳,听了一天的课,已是妈妈与学校的缘分。每每说到这儿,妈妈总会哽咽着说不下去。等她看大两个舅舅,可以上夜校时,妈妈又跑去报名读书。没想到,事与愿违,夜校要16周岁才能读,已经进凉席厂的她那会只有15岁。读不了书的妈妈就这样一辈子与文化失之交臂。然而,我深知,即便不识字的她却懂事非,知善恶,在生活的这所大学里,妈妈是非常优秀的。在席厂里,瘦小的她年年挣的是全厂最高的工分,交与外公,外公总会夸赞之外带着亏欠,是啊,自己的孩子有学上,妈妈却和他们在一起撑家。每每听这些故事,我总是心酸落泪,唯有好好读书,好好爱妈妈,才对得起她啊!

那时,村上有几家人家盖上了楼房,才十来岁的我悄悄地问妈妈,"我们家什么时候也可以住上楼房?"我不是光羡慕人家,因为家里的三间平房没有一间是不漏的,下大雨的时候,连床顶上都要放个脸盆。妈妈因为我的那句话,从镇上的眼镜厂回来,学做上了服装加工。这下,一家真是全派上用场了,刚开始,我只会打打下手,做点钉纽扣、缝里子之类的容易活儿。后来,只要看见妈妈怎么做,我就准能比她做得还好。我那做裁剪的姨夫对他们说,"这丫头,以后不用上学,跟我做裁剪吧,是块好料子!"爸爸呢,也从南湖辞职,两个学木匠的舅舅带着爸爸一起干起了木匠活儿。白天,爸爸去人家家里忙，晚上，他踩着自行车，风雨无阻地接送妈妈做的活儿。妈妈和我则要干到半夜，几次，我都被妈妈骂了才离开缝纫机。我多么乐意和妈妈在一起干活，能用自己的小手为家里多挣一点钱，早点盖上楼房，那肯定是比得了奖状还要自豪的事啊！

  1990年，三间小屋果然变成了高大的楼房。爸爸只会干苦力，里里外外要拿主意的，妈妈只好让两个舅舅帮忙，舅舅们打小就知道家里亏欠了姐姐，如今能帮上忙的，他们随叫随到。把我这个懂事的外甥女更像亲生女儿一样待着。造房子欠下了点债，可家人都不怕，因为一家子都能勤劳地干活啊。我那时准备上初中，妈妈不许我晚上再干，我不同意，答应她，如果哪天成绩不好，我就不再开夜工帮忙。妈妈输了，初中三年，每学期我都是三好学生。爸爸说："你就别考高中上大学了，这样陪着你妈妈干活，多挣点钱多好啊！"我鼻子一酸，"我想为家减轻点负担，可我不是不想读书啊！"后来，我被保送了师范。

  我离开了妈妈身边，过上了一个人独立生活的日子。记得，从未出过家门的我第一次放假回家，妈妈当时在外婆那，我一口气奔跑在那条长长的小路上，从没有过的胆量，从没有那么深的思念。月光下，我和瘦小的妈妈相拥在一起，哭着，笑着。我不知道，那些深夜透进院子的月光是否染白了妈妈的鬓发？那些爱女和她在一起的快乐片段能否填满妈妈思念的心海？

  我知道，我不在她身边的日子，她肯定更艰苦，没有欢声笑语，只有一个人静静地忙活。有个冬天，爸爸跟舅舅出远门，整整两个月，妈妈都是形单影只，她的胃不太好，因为想多做点活儿，总是将就着吃吃。我每次回家，她总会按时将生活费给我。我清楚家里的条件，太仓三年，我没买过一顿2元钱的菜，因为我清楚妈妈给我的生活费是她去舅舅那暂借的。妈妈给我多少，我到学期结束都会还给她多少，因为我每月只用学校给我的五十多元饭菜票。她看着我，总将比她高的我揽在怀里,"孩子,苦了你了。"其实,我一点不觉得自己苦,我有为我焐被子的好室友,有教我写字读书的好师长,有优秀的成绩,有温暖的集体,我收获了很多很多。

爸爸憨厚,有些事,总比一般人吃亏多。可他却不以为然,干了大半辈子苦力,脸上却总是乐呵呵的,看上去比实际年龄要年轻好多。小时候,人家是看不起他的,如今,老人们都说他有福气。

其实,福气也是自己攒的,善良,勤劳,忠厚,节俭,就攒成了一家的和和美美、顺顺利利。我想,父母虽不识字,不懂什么家风,不过他们的确是用了大半辈子在教育他们的女儿。

通往外婆家的小路

我家和外婆家隔着一条河,人们都叫它外河。从我家屋背后向东望去,小河弯弯,小路悠长,寻不到外婆的家,可分明望得见外婆佝偻的身影。

外婆八十多岁了,心脏不好,视力模糊,腿脚也不灵便,来家的日子比前些年少多了。难得来一回,总是气喘吁吁地,一边将包里剥好的豆子慢慢倒腾出来,一边嘀咕:"不行了,走不动了,一路停了两三回,让你们来拿么也不来……"妈妈去小屋里喂好鸡食,在打满水的桶里洗了洗手,进厨房端菜到外婆面前,"妈,我们也种的,你别拿来,少走走路,快坐下吃饭吧!"我给外婆夹菜到碗里,嘴里却不知怎么搭她们的话。让外婆多来吧,她走不动,不让她来吧,她又闷得慌。让妈妈常去吧,也做不到,每天忙忙碌碌的她已是很辛苦。

怪只怪隔着条外河的那条小路太长了。从我家向西到洞泾大桥两百来米,从桥折向东到外婆家又有一千余米。小时候,每每跟着妈妈去外婆家,总是绕到了家对岸就叹气,这里有座小桥多好呢;从外婆家回来,又会望着自己的屋感叹,这儿有条小船多好呢。小时候,小路窄窄的,骑车的怕前面走路的,走路的要当心河岸边。我不会坐后座,坐在妈妈自行车前,一路按着嘀铃铃的喇叭,心里还害怕车把的晃动。后来,索性拉着妈妈不骑车了,在漫长的沿河小路上，娘儿俩边走边说，故事讲完了，还没能走到外婆家。

小路是石子铺成的，近些年才浇成了水泥路。临水的屋子在小路旁种上一点绿，怕行人踩到，许多地方围上了简易的栅栏。印象最深的是小路中有一段路特窄，或许它一边临河，一边是荒野的缘故。小时候，我独自不敢去外婆家，就是怕走这一段又窄又静的路。想想也是，一个读了点书的黄毛丫头，知道些鬼怪狐仙的故事，逢到天黑就觉得野外会有动静，哪敢瞎跑。临河的那边不知是哪家也种上了蔬菜，实在嫌地方小，便在成梯形的河岸处做文章，我真不敢想象，种菜的那位婆婆或是伯伯怎么不怕底下的河呢。

外婆对妈妈说，几时下班后去她那拿红薯，阿萍（外婆叫我的小名）喜欢吃的。我说，我们自己家还有好多，这又不能当米饭吃啊！妈妈笑了："你外婆和外公年轻时在很远的大坝上，开垦了一块又一块荒地，种上一片片油菜，一地地红薯，养活了一大家子。"我嘿嘿地笑，"你也要去帮忙吧？"妈妈抬起不知几时爬满皱纹的额头，"我排老大，什么活都要学着干，还要照看弟妹，上了一天没书的学，哎，那个年头，真苦。"我缄默不语，怎么又挑起妈妈的心酸事呢。

吃过晚饭，妈妈从楼上抱了一床棉毯垫在了楼下东间的床铺上，这床一年四季留着，专门给外婆用的。外婆看着妈妈忙碌，张了张嘴，欲言又止，我看到了，叫了声："妈妈，外婆有话和你说呢。"外婆柔柔地答："雪珍，我想和你们一起睡楼上，好说说话。"儿子插过来，"好啊，我也想睡你们那，听你们讲小时候的故事。"妈妈将刚铺好的被褥又抱回楼上，晚上，外婆、妈妈和儿子睡在了一张大床上。第二天儿子喃喃自语："故事听得很带劲，只是老太太呼噜打得太响了，我好久才睡着。""嘿，啥故事啊？"

妈妈已在准备早餐，"还不是讲些他没见过的事啊，那时候，你爸在小队里借了船，从家里拿了些米啊粮的，咯吱咯吱摇到外婆家，讨好老人，有时，骑着个破自行车来接我看电影，后来我就嫁到这儿了。"

爸爸还没出门，我诡异地朝他笑笑，"老爸，那条小路你一定闭着眼睛都能跑吧？""当然，哪怕下雨天，一路坑坑洼洼，照样穿上胶鞋，跑得快呢！那时可是泥巴路，哪像现在水泥小路后面又有大马路通着。四十年，翻天覆地的变化。"

小河还是那么长，只是水没有儿时那么清了。

小路变好了，外婆也老了，不能让想念儿女的外婆走得太多，只有让做小辈的我们再多多地跑跑那条小路了！逢上节假日，家人都会带点东西给外婆，这不，农历十二月二十四，我们这儿俗称小年，妈妈厂里不放假，她就一早叮咛着我别忘了买汤团看外婆。我买好汤圆，又买了些软面包，骑着电瓶车送到外婆家。外婆坐在屋子里，正和村上的邻居聊家常，看着白发苍苍的老人们，我也坐下了，陪她们一起说说话，让晚上外婆吃上的汤圆更香甜。

萝卜干

小时候，但凡农民家的孩子，吃得最多的该是咸菜和萝卜干。我也如此，妈妈伸手从倒放的咸菜坛子里抓一把咸菜，放点菜油炒上一大碗，然后夹几筷子放进我的小杯子里，再从拧得紧紧的玻璃瓶里取出两块腌制的咸肉，交代我今天的美餐——咸菜肉汤。在20世纪的80年代，这于我，已是美味。

萝卜干也是妈妈自己腌的，不脆，偏咸，也不放香料，每天下粥就是咸菜或萝卜干。吃多了，便觉得怎么总是这个味呢，那时还小，同伴在洞泾老街上一个婆婆店里买了萝卜条给我吃，我才吃到了萝卜干还有别样的美味，鉴于礼尚往来，几天后，我把兜里揣了好久的三分钱斗争了半天后，终于和婆婆换了一包像是用我们的作业纸包装好的萝卜条。老婆婆满头齐耳的银发，老花镜下笑眯眯的眼神充满着慈爱，对于难得买零食还略带羞涩的我来说，真是一种善解人意的馈赠。我将纸小心翼翼拆开，用另一张作业纸包上几根给同伴，然后捏起一根向口中塞去，细长的萝卜条只一半含在口里，唾液便分泌得旺盛起来，抿一口，再轻轻将舌头卷进残余的半根，嚼一下，咸香中带着酸甜，真是奇妙的味道。我想起婆婆那张清瘦的脸，难道婆婆有妙招？我真恨不得去看看她怎么做出这个味道的。我兴奋地跑回家，让灶头下忙活的妈妈闭上眼睛，塞一根在她嘴里，好吃吗？妈妈笑笑，"好吃，不过这是街上店里卖的吧，不是自己腌出来的。"

啊？我才明白过来，这萝卜条固然味道独特，却不是出自婆婆的手艺，第一次，我懂得了有的东西必须买了才有，而有些东西却想买也买不到。

这么说，妈妈腌制的萝卜干就是买不到的了。

这么想着，就觉得那经常吃的味道便是他处没有的了。

长大后，出去读书，回来工作，家境渐渐好转，吃萝卜干的日子真的不是经常的了。只有在立冬左右，早的红萝卜一个个从土中轻松拔起，妈妈又开始腌制起萝卜干来。

妈妈将十来厘米长的红萝卜洗净，除去根须，切成条状，放一层盐，使劲地揉，再放盐，再揉，揉得两臂发酸，双脚发麻，妈妈才将它们放进缸里，上面用重重的石头压上，次日晚，妈妈将缸里溢出的萝卜汁倒去，重新洗净，撒盐，反复颠几下，再压上石头。再过一天，将它们铺在竹帘子上连晒几个晴天，便大功告成。最后只需将缩小了好些倍的它们装在罐子里，用尼龙袋封口。

我问，为什么萝卜干都不去皮呢？妈妈告诉我，没有了这层皮，再好的萝卜也脆不起来。我若有所悟，这薄薄的外皮既保护了萝卜的生长，又让它在变成家常腌制品时享有独特的爽口。有时最不起眼的东西却是最重要的，感觉最重要的东西却不一定真正有用。

一有此念，便想自身，哪些是华而不实的，哪些是如那层外皮一样重要的。

一有此念，便越发觉得萝卜干的实在，萝卜皮的可爱。泥土里长，阳光里晒，勤劳的手里，几日光阴，便出落成口中腌菜。这自自然然的过程，清清爽爽的面目，是真味，是天资。

立冬后的一个周日，我与十多位班主任前往叶圣陶实验小学培训学习，去前，联系甪直的好友司马，以为她身在甪直，师范毕业后应该就在那儿。谁料，她告诉我不在甪直，但嘱咐我去时当日一定要到学校门卫上取点家乡特产。我们久未联系，但一说话，亲切之感就如当年。培训完，我去门卫上提东西，原是两袋沉沉的萝卜干！我第一次来她的家乡，在未见到她人的这当儿，却提着她托父母给我准备好的家乡特产，快乐无比。上车时，我回了条短信给她，让她代为感谢她爸妈。她不好意思地说，我也好久没回家看看他们了。我懂她，又回，父母都理解自家孩子的，啥时我们一起逛古镇，再当面谢谢他们呢！其实孩子和父母之间也是真心自然，无须半点矫揉造作的。再累再忙，孩子总记得父母，哪怕自觉亏欠了他们。父母呢，再念再想，也还是爱在心头。从孩子时代到自己有了孩子，从父母到身为父母，变了角色，不变的永远是一代代的真心与亲情。

老公看见妈妈腌萝卜干的缸不大，便笑嘻嘻地告诉我，"小时候，我和姐姐两个人是经常在大大的缸里给父母踩咸菜萝卜干的，要连续踩好多天，家家都是小孩踩，脚酸了也不让从缸里出来。一米多宽的缸呢！""为啥让孩子踩啊？""嘿，你想呢，不是童男童女么？好兆头呗！"一句话把我逗乐了。笑过之后，我不禁想象着，那个年代，这不起眼又大量腌制的萝卜干意味着什么。

如今的餐桌上，是吃腻了荤腥，反过来寻找曾经的粗茶淡饭，于是，用萝卜丝做成馅料的汤团和包子，超市中比比皆是，且不比肉馅的便宜一分一毫。萝卜干做成的冷盘，也是饭店经常推出的菜肴。大家从那个年代的清苦中明白了幸福生活的来之不易，享受着物质生活丰富的同时，也越发懂得了绿色、自然的东西要比山珍海味、油腻荤腥来得健康。简简单单的食材，普普通通的做法，其实是离人类最亲近的，人类要回归自然，不是去过穷日子，而是将自然赋予我们的，感恩地去接纳和尊重，这才不辜负了劳作的人们，不辜负天地万物。

艾 澡

每年回婆婆家，总要洗上一次艾澡。

原先，我对它只是粗浅的印象。每年的端午，妈妈都会从田间小路上随手拔些回来，用红绳子系好，绑上一面小镜子，插在门楣之上。小时候不解，后来读到屈原的"路漫漫其修远兮，吾将上下而求索"，才知道这一天不仅要吃上粽子怀念两千多年前的屈原，还要用艾叶来辟邪驱毒。

在安徽老家，婆婆第一次为我准备艾澡的时候，我很惊奇，为什么用它洗澡呢？我迫不及待地想去了解它。

艾，又名冰台、艾蒿、艾蓬等。艾叶就是艾这种菊科植物的叶子，以李时珍的家乡湖北蕲州产者为佳，称"蕲艾"。我国的天南地北，都有它的影子。只要是向阳而排水顺畅的地方，它都能生长。路旁、草地、荒野处处都能安家落户。因为它普遍存在，所以在民间很受欢迎，食用充饥之外，更多的是治疗祛病。因为味辛、苦，可以降湿杀虫，亦成了辟邪驱毒的信物。夏季，花未开时采摘，除去杂质，晒干或阴干，是中草药中常用的一种。在医书《别录》中记载："艾，主灸百病。可作煎，止下痢，吐血，利阴气，生肌肉，辟风寒，使人有子。"

今年回家的第二天，我又对婆婆说，想洗个澡，和以前一样，放点艾叶。婆婆说，好的。她去烧水了。我等着时，老公给我准备好浴盆,还是我每年都洗过的那个老浴盆,木头的,很沉,圆圆的两边有两段宽的边,可以一边坐着一边搁脚。等婆婆把水提来,想倒进浴盆的时候,我问,艾叶呢?我一直以为是放了水再加进去的艾叶,婆婆笑着,带我去看锅里煮沸的艾叶,满满的一锅水里放着两小扎艾叶,已看不清原来椭圆带锯齿的叶片了,看上去只有竹叶那般细小了。热气中散发着浓郁的清香,婆婆说:"这艾叶已经放了一年多了,听人家说,一年洗上几次澡,可以祛除体内毒素,最安全,最天然!"只见婆婆用瓢把锅中的艾叶挪至一边,用力舀起沸腾的水,小心地倒向水桶。许是刚才在灶下烧了半个时辰的柴火,她的额头布满了汗津津的皱纹。我说,又添忙了呢!她继续舀水,笑笑说:"平时都不能为你们做啥,回来几天能忙些才开心呢!"我的鼻子酸酸的,为啥老人总为儿女们着想呢,不能伺候他们,还把责任推向自己,真是可怜天下父母心啊!

我想想也是,用惯了沐浴露、香皂的现代人,难得洗上几次艾澡,可谓能洁净身心呢,最原始的药材和方法,在如今,倒是稀罕了。

婆婆把水倒进浴盆,热气直冒,艾叶的味道弥漫在整个房间。红色的浴罩顿时被热气膨胀成圆形的小帐篷。我让先生提些凉水放边上,婆婆见了,即刻就把水桶拿走了,"坐着多熏熏,对身体有好处,不要加凉水。"我坐在浴盆边,用毛巾在水中不停地晃动,想让热气散发得快些,当我坐得双腿发麻,那些热气汇成的水珠滴滴答答从浴罩上掉落到头顶时,我才将脚小心翼翼伸向浴盆。这二十来分钟的光景,我只感觉艾叶的热气直冲向我的鼻子,润湿了的双眼,浸透着我的肌肤。在隔着浴罩灯光的映照下,褐色的水让我的肌肤倒越显细白了。每年回家,我都会洗上这么一两次艾叶水的澡,红色的浴罩,木头的浴盆,在一个不大又不亮堂的房间里,我,犹如穿越回到了古时。

出来倒水时，婆婆说，村上的人洗过的艾澡水是用来拖地板和浇花的，是最环保最有效的家庭消毒剂。于是，被艾澡洗过，被老人特别的疼爱荡涤过，满身清新与舒心的我准备带点陈艾回常熟小家。

回家，过年

一　山村小景

马年的大年初二，我们小家三口人从常熟出发，又来到先生的老家——芜湖市繁昌县的一个小山村。

村上没什么大变化，就是爆竹比年初一少了些。气温倒反差极大，几天来，从二十多度的暖冬降到了零度左右。其实今天已经立春了，阳光照耀在山村的村舍和树木上，却依旧寒气逼人，冷风瑟瑟。

即便冷，我还是喜欢到村子的两头走走，村子西边四五百米的地方有条大河，大河与村子间有个大塘。若是年前，我定能望见六七个浣衣女子在塘边石板上洗衣说笑，咚咚咚的捣衣声伴着一阵阵欢声笑语回响在清凌凌的河面上，风儿吹过，那乡音就径自传向大河边，传到不解其意的我的耳旁。除了捣衣女子，还有洗菜洗肉的大娘，洗刷杂物的妇人，她们身后还有帮忙提篮子的男人，看热闹的小儿，叼着大烟袋一起过往说话的老伯。不过，今天这当儿是看不见的，我估摸着，如自己家乡一样，年前忙着扫净洗涮都为过好年做着准备，真过年了，像现在，看到的都是乐呵呵的走亲戚拜大年的乡人。

老公带好烟,陪我看大河,路不算远,来往路人却是很多,他一边寒暄,走走停停,时不时叫上一声,递根香烟给对方。我听不懂,点头微笑就能穿过人群,走上河堤。河岸上枯枝败叶,芦苇丛生,我们慢慢前进,以免被高出自己许多的枝枝丫丫绊倒,摸着干柴一样的草丛,望着周遭一片枯黄,儿子纳闷极了,河呢?是啊,我们的身旁只是一条浅浅的沟,有处缺口竟被人为地爬上爬下,河底被铺上一袋袋泥沙,原本干涸的沟被拦腰筑成了一条凹形小道,与四五米宽的对岸形成了可以过往的河底之桥。

老公指指前方,"就在前面啦!"循着他指的方向,我们的视野开阔起来,脚下的枯枝已然被烈火燃烧殆尽,剩下黑乎乎的一片。高高的河堤变宽,一条宽阔的大河展现在我们面前。这是条由南向北及由东向西交汇而成的双河,我们刚好在交汇处伫立,越发觉得苍茫与开阔。水面上微波荡漾,点点夕阳伴着瑰丽的晚霞在清波中摇曳。更远处,似有滩涂,一大片一大片深绿相连,如水上草坪。假若春暖花开,定有许多归燕在此徘徊,与那远处的麦田,麦田里叽叽咕咕的鸟叫声合奏成一曲春天里最美的乡野之歌。

老公在大河边驻足良久,口口声声念着,小时候这堤上可干净呢,我们常常在大河里游泳,那个年代,一去不复返啦。可儿子怎么也不相信游泳之事。我呢,在河堤上徘徊,只想感受农村的淳朴,自然的恩赐。我俯身弯腰,在枯枝中轻而易举地寻找到许多新绿。它们不怕冬的寒冷,在枯黄之间拔节生长,一点芽儿,几片嫩叶,纵是再多的烈火干柴,也不能阻挡春的脚步。

炮声隆隆,将我们拉回村子,经过大塘时,两位大爷正把三桶鱼苗倒进塘里,我好奇,这塘还养鱼啊!真是无处没有的惊喜。

二 浓浓年味

好多年来，我们已经熟悉了这儿的礼节，过了初一就要去亲戚家拜年，此外，就是张罗饭菜迎接亲戚来家里拜年。作为儿媳，我总想帮上点小忙，可婆婆总不让我插手，让我歇着，仿佛我也成了个客人。婆婆每晚会问我们明早想吃点什么，每顿饭呢，也要问我们准备几时吃。我们都是大人了，可在这儿，在他们眼里，我们都和十多岁的儿子差不多大。

老家的房子是典型的徽南结构，西间有个食材小仓库，有的食品已经做好成形，估计已是七分熟了，像藕圆子，糯米圆子，粑粑等。吃时，可以放汤里，粥里，或直接蒸一下。香肠挂在钩子上，也是自己家灌的，吃饭时，先生一定要我吃上两片。我嚼着香肠，香咸适中，特别有筋道。在家从不吃香肠的我，竟在这儿天天吃上几片了。所以对于徽菜，我还是吃得惯的。

婆婆把韭黄（有时是蒜薹）和肉丝、豆干一起炒，淋上山芋粉调成的汁水勾芡，等汁水收干，起锅出盘，里面的肉丝确实比妈妈做的要嫩些。婆婆和姨娘们都喜欢把很多蔬菜切成小段，和带点肥的肉丝煸炒，每个菜大多要放点辣椒，色香味俱佳，诱着客人们的食欲。而辣味却让不能吃辣的儿子皱了眉头。他一边尝着微辣的菜，一边对他爸说："奶奶怎么鱼里都放辣椒啊？我就少吃一点吧！"的确，他们烧鱼和我们那儿是不一样的，我们都是今天烧今天吃，他们一次要烧上好多条，然后分碗装下，多余的鱼汤盛在小缸里，冰成鱼冻，等啥时想吃热的鱼，再取适量鱼冻回锅热一下。因为不是第一次来，我和儿子耳语："奶奶已经烧了，你尽管吃就是，小男人也要能吃点辣才是爷爷奶奶的孙子嘛！"

午后，公公手拿着一段段藕，在一块一尺见方的石板上来回搓着，我好奇地看着，一下子明白了。

"爸，这是要做藕圆子吗？不是篮子里还有吗？"

公公抬起头，"这个做了想让你带回家的。"我知道这是老人的心意，"好吧，就是累你们了！"

"不累，我们这儿基本上家家都要做这些东西。今天吃的鱼也是村里刚分的，每家两条半，村子人多了，分到的鱼就少了。"

老公抢过老人手里的藕，说："爸，我来。"

我蹲在他身边，看着那石板只不过是块普通的地砖，被划过许多细纹，便成了简单的搓板。

"每年都分鱼吗？出去打工的人也有？"我好奇地问。

"两年分一次，和另一个村子轮流养鱼，出去打工的人过年都回来，人一年比一年多，鱼从原来的四五条慢慢降低到两条半，你没看到，分鱼那场面……"

哦，怪不得在大塘里放鱼苗呢。

老公一边搓着，一边将搓下来的藕泥聚拢放在身旁的盘子里，那里已经积了小半盘了。一段段白嫩嫩的藕被搓剩了矮矮的小头归在一边，婆婆从里屋拿出细细的山芋粉，舀了一大碗进去，又从厨房间将煮好的糯米饭、切好的葱花、姜丝和爆好的肥肉连同一些调料统统倒了进去，用筷子慢慢搅拌，细腻的藕泥遇上黏稠的山芋粉和熟糯米，越搅越稠，到最后，筷子都快被黏住了。还没下油锅，我就闻到了香，这是自然的食材相融在一起的纯正之香。婆婆说，晚饭后只需将它揉成一个个小圆子，下油锅炸成金黄即可。

这儿，虽没有自己家乡那么经济发达，交通便利，甚至，村前村后的小路高高低低，随处可见的杂物堆积。然而，我能感受到乡人为过年而忙碌的喜庆，为团圆而团圆的热情。浓浓的年味里，深藏着多少离愁别绪，又承载着多少美好希冀。

三 儿子的乐趣

晚饭后，儿子又抢着在灶头下烧火。家里没做过的事，对他来说就是一种玩乐与享受。他嫌小的铁夹子太短，取了个长的，这倒好，两只手歪歪扭扭地夹着根细柴火，举到半空就掉了下来。他又换了把中的，这回，夹了个粗的，总算把柴火送进了灶膛，在那里得意地叫："哈哈，我会了，细的用手，粗的好夹。老妈，你肯定不会。"我笑了，"小时候，我不知烧过多少柴火呢。你看看，爷爷打这么高的柴火，不知费多少辛苦在里面呢！"

儿子往灶膛里不断地添柴，火渐渐小了，最后灭了。他急了，不解地问，怎么这么多柴反而灭了呢？我笑了，孩子，就因为柴火太多，把空间占了，它才旺不起来啊！儿子将信将疑，公公将中间的柴火捣空，吹了吹，一会火又烧着了。儿子开心地笑着说："我懂了，爷爷，我来。"看这孩子，烧火都乐。婆婆往锅里又添了点油，嘱咐远远："换粗柴火烧旺点。"

婆婆用铁勺在一大盘面糊糊里搅了搅，让我用手指蘸了舔舔咸淡。我知道，这又要做儿子最喜欢吃的油糍了。在面粉里掺和了韭菜、调料后搅拌均匀，便成了面糊糊。等油锅热，婆婆把铁勺先在热油锅里烫下，舀起半勺面糊糊，往锅油里轻轻一放，哧哧哧，糊糊一会就成型变色，手掌般大的油糍只需婆婆将铁勺再轻轻一抖，便乖乖跳到了锅中。白、淡黄到金黄，冒着小气泡的热油像一群机灵的孩子，等油糍变成金黄，还没等看清，三下五下就将它翻了个面。一个，又一个，等婆婆看到有几个油糍炸成了凹形，赶紧叫远远火小点，儿子急了，说："怎么让它小啊。"公公听见了，弯下高瘦的身子，佝偻着背，用铁夹将旁边的炭灰盖在烧旺的柴火上，火马上小了，油糍又变平整了。儿子拿了个碗，用筷子在做好的油糍中夹了几个，我知道，他已经等不及了。

在灶膛边待了好久的儿子小脸被烤得绯红；老人手背上的青筋在火焰前一条条地爆出，也越发清晰；而锅里喷香的油糍也正诱惑着我们的食欲。

乡村的年，真是越忙越有味啊。

第三辑
菩提树下

上山和下山

有句俗话"上山容易下山难",开始并不很理解,或理解不深,直到大大小小的山爬过无数,才对此有了清晰的认识,难和易是相对的,"上山容易"不是真容易,是对于下山而言的,下山比起上山,肯定不只在花力气上,也还有危险藏在里面呢。这么说来,上山和下山都是不容易的,抑或都是难的。

今早,天阴阴的,全没有夏的炎热。我和妈妈去苏州上方山烧香,每年走过的那些碎石铺成的小路,又要再次亲近一番。脚下沉沉的,因为山路之中有两段坡度极大,虽有台阶,然走每一步都能听得到对方的喘息。山路两边,树林荫翳,高不见天,低又望不到山脚。母女俩手挽着手,走走歇歇,任林间鸟鸣声声,路人行色匆匆。妈妈告诉我,从我5岁开始,就每年要来一次上方山。先坐轮船,然后走路,她背着我,要爬过最陡的山路才放我下来。她说,上方山的老太太很有神通,拜了可以一家平安,心想事成。我就是跟着妈妈,每年来一回,走过了童年和青春。今天,挽着妈妈的手臂,有种久违的感觉,因为平时的她总是忙忙碌碌,平时的我也总是在工作和爱好中穿梭。我重温着妈妈的温暖,不禁感慨起来:妈妈,我们要是和大树一样就好了,今天我们看着它们,其实,它们也在看着一年年变老的我们啊!妈妈笑了,傻孩子,大树不是人啊,不过,它们也会说话,只是我们不懂罢了。在这山林间,我忽然发现,妈妈的话也和孩子一般美好。我的眼里想流泪，莫名的感动萦绕着我，山间的高树，自然的声息，妈妈的温暖，虔诚的心意，好像还有对生命的慰藉。

上山，难的是步履沉重，但再沉，歇歇停停，待到山路不陡，即消了疲劳。

上得山了，便开始在山顶的庙宇和塔前烧香、磕头。阴沉沉的天空，除去刚才树木的遮蔽，零星小雨已经湿了地面。烧香的人们总是格外忙碌的。一到目的地，匆忙点烛、烧香、焚纸，然后找机会，跪拜、磕头、扔点香钱在柜里，有的还在进门处写上全家或读书人的名字，这些作罢，才算是完工。做这一系列活动时，人人都是表情庄重的，难得看到有人说笑，也不会失了分寸，大家心里明白，只有恭敬烧香，才可能有求必应。我和妈妈也随人流烧好了香。

我们开始下山。靠山顶的石子路不是太陡，脚下轻松许多，只是上山的人多了起来，本来挽着胳膊并排走的母女俩只能前后分开。我看到一个个老妇人接二连三地从身边经过，她们身穿斜襟镶边、款式和旗袍差不多的绣花上衣，头上还包着条洁净的头巾。这打扮俨然是经过一番设计的，或许只有出门烧香时，她们才会换上这漂亮的行头。一张张布满皱纹的脸上多的是虔诚与严肃。她们步履匆匆，没一点老态龙钟之相。我想，她们该是很多香客的典型，用自己最美好的装扮和诚心，去庄重地完成烧香这个神圣的使命。只有这样，才对得起要跪拜的菩萨或神灵。

不知不觉，我们已经走到最陡的路段。我拉着妈妈，望了望山脚，感觉并不遥远的距离却是如大厦那么高，我只敢瞟一下，再不敢多看。因为坡度大时，脚着地时会感觉空荡，所以小步还好，若是步子大，想快走，人就会因为惯性而刹不住自己的脚步，而越来越快的速度就更生恐惧。于是，下山是不敢懈怠的。再者，我们走的这山路比不得名山峻岭，算不得高，谈不上险，要是在黄山、九华山，那情景的险峻更是另一番景致了。

　　下得山,我深深吸了口气。这上山与下山,多像一场人生呢。拼尽力量、历尽艰辛,总会有自己的风采,这就是上山至顶。当辉煌之时,不张扬跋扈,从容、放下,笑看人世,最后缓缓落幕,这即是最好的下山。然而,人们都懂得,追求时的千辛万苦并不可怕,成功后的得意忘形才最可悲。这,或许真应了"上山容易下山难"的那句话了!

积善成福

今日,好久未见的冬妹到办公室小坐。我看看她的手指,关切地询问:"现在都好了吧?小小的手指还会有这么多麻烦。"

她像是劫后重生般的喜悦,"萍,好得差不多了,就是还有点僵。"她一边伸出左手大拇指,一边说。拇指的前半截看上去还有些黯红。

"受苦了啊!"

"没事啦,要不是你妈妈发现是疔疮的话,我还忍着不去医院呢!真要谢谢她。"

"若是你不来我家里,我妈妈也看不到你的手指啊,这是不是巧合呢?"

前阵子,我把一条裙子托她改小些,她欣欣然拿回家改了几天,又专程送到我家。其实,每个早上她都会送儿子上学,可以顺带放我办公室,就不用多跑一趟。可她不放心,就是要见我穿在身上合适了,才满意,许是她自己的裙子照顾得还没这么精细吧。这不,那天夜晚,她便在我家,见我试好裙子,完全合身,就开心地和我妈妈打招呼。妈妈不经意见她手指有些红肿,细细看了看,说:"不对啊,这像是疔疮啊!"

"什么?阿姨,我不懂,已经很久了,不要紧的吧!"冬妹诧异。

"你这孩子,"妈妈脸色都变了,"赶紧去看,要是疔疮的话,可不是闹着玩的,不好好治疗以前出过人命呢!"冬妹大惊失色。

"我白天忙着干活,不觉得有多难受,可晚上疼得睡不着的,我就用线把手指扎紧,以为过些时候就会好的。"她转而难过起来,"没想到这么严重。"

我们都劝她赶紧去医院。

"家里头都我一个人挑着,有时去妈妈那照顾照顾她,孩子也让我费心,老公在外头做事,我……"她有些说不下去了。我们听了也不是滋味。她太忙了,甚至我都觉得不应该请她改裙子,这不是给她忙上添忙吗?

"明天好好去医院看看吧,如果不是疗,那最好,如果是,就好好治疗啊!"我目送她的背影,期望她没事。

许是这么凑巧,她的那份热心和善良终将磨难缓解了开来。对家人的关爱算是应该的话,对他人的诚善就是为自己种下的福报。这便是佛教中的业因果报,佛语云:一吃一餐,皆是前定。我们现在的所有生活现状,接触的人缘,无非都是过去生中所造的。故此,多行善业,必是给自己和家人多积福报。

朋友发我看微信上的一个故事,某个深山,有父子俩均患一种怪病,皮肤发红发黑后脱皮,露出血肉。身体发冷,似冬眠状。山中条件艰苦,一家人出山看病,把仅有的一点积蓄花完也没见得好转,几个山里人见他们痛苦不堪,于心不忍,把父子俩的病情传至山外,希望能得到好心人相助。后来,媒体来了,看到了其病状如蛇一样的父子俩,便盘问他们日常生活。原来父子俩经常在山上打蛇,卖蛇,以此为生,数以万计的蛇都死于他们的手下。媒体把此故事拍成视频上传网上,一幅幅难堪的画面引起了一些居士的关注。他们相约踏进深山,发心为他们一家忏悔,为死去的生灵超度。居士先后去了四次,从原来的二十多人发展至一百多人,一路上他们辗转千里,披荆斩棘,到山中又真心诚意,发心宏愿。父子俩的怪病竟然在他们的忏悔和努力下渐渐治愈了。不知因果,不懂积福的父子俩发下誓愿，曾经的恶业是自己所造，今后定要善待一切生灵，为余下的人生之路弥补所造的罪孽，也要以自己的故事说服教育仍在涂炭生灵的众生。

若是这个故事不足以让人信服，那么再来看看历史上的名相范仲淹吧。

范仲淹从小就有救人救世的大志，一生积功累德，不疲不厌。他好善乐施，文武全才。最难得的是，范仲淹做了大官，依然过着很清苦的生活。他拿那些俸禄来养三百多家地方上清寒的子弟，替国家培养人才，自己的生活依然像从前做穷秀才那样，到了晚年，他把自己的房子布施给佛教改做寺庙，而临死时竟没有钱买棺材。钱哪里去了？全部都做慈善事业，布施掉了。

范家一直到民国初年，代代出人才。印祖讲他的家八百年不衰，为什么？祖宗之德，子孙能够继承。代代子孙都这么好，这又得力于什么？知足。在物质生活上的享受，他知足；纵然自己发达有财富，这个财富去利益社会，这个福就愈来愈大，子子孙孙享受不尽。

他的积德修善是一个虔诚的佛教徒的作为，依教奉行，一生为国为民，所以他的果报非常殊胜。他五个儿子，其中有两个官职做到宰相，一个是作御史大夫。那句"先天下之忧而忧，后天下之乐而乐"是他一生的写照。聪明人会散财，散财是真正保持财富，生活要节俭，节俭就是惜福，一方面惜福，一方面修福，这个福报就永远享不尽。

因此，古往今来，积德修善，便好因果。

致逝去的生命

有的人活着，他已经死了，有的人死了，他还活着。生与死的界定不只是生理上的有没有呼吸，更区别在精神上的猥琐和高尚。且不论从精神价值去衡量生死，生命本是多么可贵。举个简单的例子，无论是谁，若是听到身边的认识或不认识的人突然逝去的消息，悲悯之心定是多于自然界的花花草草，猫猫狗狗。除非养了许多年，有了感情，将原本平凡的生命当成了自己的朋友，才会特别心酸，特别不舍。

有只流浪到我家的小猫，用短暂的生命给人类上演了一出悲剧，今天，我只能将它回忆。

也不知它从哪儿来。那天傍晚，我和儿子回家的时候，看到它躲在我家小院里，一条细细的尾巴在它瘦小的身体后面显得特长，黑白相间的毛稀稀拉拉的散开，没一点光泽，眼睛里多的是胆怯，轻轻的喵呜声从它张开的嘴巴里传来。可怜的小猫，你从哪儿冒出来的啊？我们疑惑不解，轻轻地靠近它。它一看到我们，马上窜到了走廊里，然后看见儿子刚开好的门，往屋里跑去了。

面对这位不速之客的光临，我赶紧找吃的喂它。我把隔天吃剩的鱼搅和了点饭放在小盘子里，先在屋里咪咪咪地唤它。它许是饿极了，听到声音竟跑到了我身边，我开心地将盘子放它面前，走远些看它吃。它的确饿了，迅速将一大块鱼肉从盘里叼出，用爪尖抵住肉的一边，再用锋利的牙齿一咬，头一晃，嘴里的肉已经吞进了肚子。等到另一半的美味轻而易举享受完，地上就只剩下了几根大鱼骨。我想，它应该再吃点饭，肚子才会填饱些，可是，它竟跑出来，又躲到院子的角落里舔毛去了。难道怕我们伤害它？

　　我该给它点时间。我没有将它关进屋子，想着它的到来给我们的惊喜与意外，我就更加随缘与它。次日清早我上班时，看见它仍在走廊里，我笑了下，倒不是常言说的那句"狗来穷，猫来富"将我动心，确是觉得这猫咪像是来寻我们的。待到下班，它还在院子里和我家的小白（小狗）在一起嬉戏时，我真的乐开了怀。曾经有好多只到我们家的猫咪都被小白赶得无影无踪，今天，猫狗怎么成了朋友？它的小爪子在小白翘着的尾巴上左右拍打，弄得小白痒痒地走开了。我左手端盘，右手拿碗，先喂小猫吃，再走远些喂小白吃。猫咪挑了鱼吃完又到小白的碗里找肉吃。小白也不抢，走到院子里，懒懒地趴着，也看着猫咪吃食。我摸摸小白的头，"真乖，平时你早围着我要吃的了，此刻都知道让小的了！"就这样，每天傍晚我总希望在院子里出现这样的一幕，夕阳映着我和孩子的笑脸，连同新来的猫咪和养了十来年的小白。

　　可是，有那么一天，不见了猫咪。我四处找寻，咪咪咪地拿着盘子唤它，都没唤出它的影子。半个月的相处已让我快乐，每天早上，它总会来我脚边喵喵地叫，有时声音轻得听不见，我就给它盘子里放点水。每天傍晚，吃饱了的它调皮地在屋里窜东窜西，我叫它，它似乎听得懂，小跑过来，我小心抱起它，它轻轻的身子蜷在我两个掌心里，不过，它只停留一会，努力要回自由。难道，此刻，它又向别处去要自由了吗？或许会吧，悄悄地来，悄悄地走，原本小小的生命有多少人会在乎呢？那只属于它的盘子仍在走廊下，我不舍得撤掉，希望它有一天再悄悄地冒出来。

　　然而，真正的悲剧不是猫咪不见了，是父亲在家门前的小河里看到了它，已经死了好几天了。这个可爱的小生命竟永远不会回来了！我不知道那一刻发生了什么，是小白的追跑？猫咪的失足？还是可怕的人为？我只能将可能发生的种种进行主观的猜测，可是，即便我怎样想，时间不会倒流，没有人告诉我真相。

它实在太渺小了，或许，过些时候，连我都会难得想起它来，可怜的生命给了我一个解不开的谜。然而，每每想起，我眼前总能浮现小白和它在一起吃食和嬉戏的场景，总会害怕得闪出一个不愿接受的念头，若是猫咪偷食，被人为扔下河的呢？在它们面前，强大的人类可以爱它，也可以无视生命的存在，只是随心所欲的背后，猫咪不会开口，无力反抗，人就变得异常可恶了。

我有些悲愤，可还是希望真相不是那样的！

登天台

　　天台是香客们每次去九华必去的地方，先乘索道至半山腰——拜经台，然后攀登一千多米高的山巅。回想10年前第一次来到拜经台时的景象，导游怎么都不许我上天台山。那时我手术刚过半年，剧烈的化疗将长发落光，戴了个帽子，由妈妈陪伴遍访佛教名山。

　　我哭了，为什么别人都能上天台，而我不能往上行一步呢？其实，导游的担心是不无道理的，只需向上一望，直插云霄的山巅隐约消失在缭绕的云雾里，令人不寒而栗。加上旁人一句："我爬过的，山高路陡，石阶又窄，上下山都要慢慢的，脚要侧放，不能望别处。"他们的话相互作用，听了，更叫人望而生畏。再看拜经台上，小憩的香客或坐或立，有的将包袱卸轻，有的将外衣脱下，有的在伸胳膊压腿，有的在给同伴打气，全然一副鼓足勇气，要与此一战的模样。

　　初次未能登顶，我就在拜经台上看着妈妈登山的背影，山路蜿蜒陡峭，妈妈和香客们的身影由近及远，时隐时现，最后变成了一个个小点消失在我的视野里。高山之间的清晨，雾气与云海相会，等到一缕曙光穿透过重重雾霭，已是九点多钟，我环顾四周的片刻，总还时不时注意着下山的人影，妈妈竟第一个出现在我的视线里。我迫不及待地询问妈妈："怎么样，上去困难吗？如果我坚持上去，吃得消么？"妈妈一边喘气一边回道："只要慢慢走，停停歇歇，应该可以上去的，妈妈相信你。"失落的我在妈妈的描述与宽慰中终究留下了一点遗憾，也为下次再来天台许下了更坚定的心愿。

这不，导游如今再与我开玩笑"要不乘轿子让他们抬你上去吧？"时，我笑呵呵地回了一句："别以为我爬不上哦，既来之，则一定要登之，你们安心在拜经台上看行李，等我们下来。"

这次天台之行，是我们三口小家，我们行走在众香客中，开始登天台。一个个石阶上，站了许多挑担上山的"山夫"，他们像是排好队似的，一副副担子竖在石阶上，有的在吆喝，有的在看我们。他们的袋子里，有的装了黄瓜、冬瓜等蔬菜，有的装了一张张叠整齐的瓦片，有的是米和油。见此情景，我已知晓这些挑夫的来意。你出钱，他们出力，你要上得山去供份厚礼，那就找他们帮忙吧。许多香客手里也提着些自带的米油和香花，所以他们的生意还真的不好做。

儿子和他小表弟拉着手走在前面，路窄，石阶陡，上山人多，稍不留神，只要一人绊倒，后果会不堪设想。我急忙让两个孩子分开，各自由大人带着。孩子没了伴，才一会就说爬不动了，又只能让他们在一起，我们几个大人一前一后照应着，我呢，把身上行李都归了老公提，边爬边看孩子。山路两旁是铁链的扶手，抓着还凉凉的。七月的清晨若是在别处这么走，肯定会淌出汗水，而现在处于高山中，树林荫翳，雾气弥漫，只听得身边呼呼的喘气声，倒不是特别的热，这真是帮助了上天台的我们了。即便如此，大伙都不敢懈怠。爬爬歇歇，喝口水，擦下汗，捶捶腰，鼓鼓劲，再继续爬。见到有香客下山，大伙不约而同地问："还有多远啊？""快了，还有三分之二。"啊，这么远，当我们继续鼓足劲儿边爬边歇，竟看到了山顶的庙宇，呵，怎么说三分之二呢，那个下山的人一定是误把我们的问话当成自己要走的路呢！

大家正兴奋之时，见有一个穿着袈裟的和尚三步一拜在石阶上艰难攀登，他的双腿裤管已经磨破，袈裟下落出的鞋底也已经脱落，衣裳像是许久没洗，染了一路的风尘。"阿弥陀佛，"和尚自语，"我从普陀朝拜到此，已有数月，天台即临，万分感慨，望佛祖保佑，众生安康，也愿你们一心向善……"我双手合十，从和尚身旁穿过，和尚的声音久久回响在耳边，在佛教名山，如他一样的虔诚之徒不知有多少，朝拜中的修行，身与心的皈依，此生行将一处，此心安在众生。我不能透彻佛教高深的理论，但我知道，能为他人行善做事，便是佛心一颗。

上得山巅，真是"一览众山小"了。

此处，望不见天，云海在中，群山在下，苍茫辽阔自不必说，疑是蓬莱，更如九天。无怪乎有"天台"美誉。

此刻，旭日东升，但还未具万钧之力穿透山巅重重雾霭之势。天台上的我屈膝跪拜于莲花蒲团下，恭敬朝拜着每一处菩萨。等到儿子和爱人也拜完，三人循着庙宇附近的石崖走去，那儿是一条高低蜿蜒、通往绝壁的石头路。几块硕大的石头上连着沉沉的铁链，上面挂满了同心锁，我和儿子小心翼翼爬上大石头，让爱人给我们照相，正欲再往前行时，被粗大的声音呵斥住："不许走，那边危险！"我们转头一望，竟是导游中的一个，"还以为你们没上来啊！""爬天台有危险，上了天台还是有危险，我们当然要全程负责啦！等会别先下去，差不多齐了一起慢慢下，下山也须当心，看脚下，别望他处。"他不时的提醒，是有道理的。

下山之时，霞光终于穿破云雾映红了每个人的脸。我们怀着轻松的心情愉悦下山，然而，才踏了几步，腿便发软。脚要侧着踏，还要坚实地踩，既陡又窄的石阶望下去像是深潭一般，容不得半点随意和自在。此刻，风景甚美，可是，你却不能边欣赏边下山，你得扶着旁边的铁链子，下了一段后再驻足欣赏。此刻，上山的队伍显然更庞大，你要当心着自己，还得给别人让路。我慢慢地穿在人群中，尽量走中间，因为两边都有扶手，让那些更需要它的人吧。

上山的人也时不时问着，还有多远啊？我笑笑，"快了，慢慢爬，大概还有三分之一了！"其实，我估摸着可能不只这么多，只是想给他们添一点动力。

空谷中传来清脆的鸟鸣和阵阵蝉鸣，阳光下树影斑驳、微风又徐徐，在石凳上小憩，再望天台，已寻不到，曲径通幽的林间山路，遮挡了艳阳，清新了路人。这一步步数不清的天梯，又是多少辛酸的泪水，执着的脚印开辟出来的呢！

清晨入古寺

金秋十月，沐浴着清晨的第一缕阳光，我步履轻轻，去造访虞山北麓的兴福禅寺。（身为这个城市的子民，造访家乡的古寺，该是最平常的事了。然而，我常随庙里皈依的姐姐与众香客拜于四大佛教名山，四五天的行程，早起晚回，步伐坚定，却没有常到家乡的古寺造访，真是不当。）

古寺隐于山间，一路上，我且行且思，光由明至暗，道越发清幽，大概行了15分钟的路程，已至寺庙大门。买票取香，红匾金字的"兴福禅寺"映入眼帘，两侧题联"山中藏古寺，门外尽劳人。"像是述说着这座有着1500年的山中古寺旁观到的繁华落尽与人间沧桑。我早早了解到，早在南齐年间，邑人郴州刺史倪德光舍宅为寺，初名大慈寺，梁大同三年改名兴福寺，唐贞观后称破山寺。

进门，左侧院墙上题着"般若"，我手捏三支清香，心怀虔诚地走进去，这里是普照堂，即上香处。点香供完四方，再返至进门正中道路，一一走过、谒拜无上法门殿、大雄宝殿，殿内有一块兴福石，大如伏牛，纹筋纵横，左看像"兴"字，右看像"福"字，这便是"兴福寺"的由来。宝殿后便是最高的玉佛楼，楼的三面皆被树木环绕，若是从山上往下，抑或是从门外寻觅，都是见不到它的。只有光芒照耀于它，与静谧的山林一起迎接我的到来。

从玉佛楼下，见左侧有一拱形门洞，上写"通幽"，又连一圆形拱门，题着"烟岚环翠"，欣赏完古朴的书法题匾，朝门洞内边走边望，青青翠竹直立在曲廊的院墙边，与后山的竹林隐约相连。廊下院墙中有雕花、扇形窗户，偶有角落处也有假山、幽草相伴。漫步在曲径通幽之处，见前，望远，都是好景致，也无怪乎会有那样的题字了。

穿廊至西，阳光将我拉回外界。芭蕉悠闲地伴着白墙黑瓦，一岁岁地竟忍不住探出了脑袋，伸展得更加潇洒，成了我眼中的一隅仙境。大片的树林环绕着我踏进的园子，静静地，只有几声空谷鸟鸣；轻轻地，只有参天古木在院中直立，几片黄叶慢慢飘落，伴着穿透一切的晨光徜徉在斑驳的树影间。四围的院墙显得矮小，连文殊殿和财神殿也在它们的遮掩下若隐若现。我轻踩石阶，向更高的文殊殿走去，此刻，光芒万丈，我回望着它前面屋檐瓦砾间长着的葱郁小草，不禁感慨，这山间的生命何等旺盛，阳光雨露又有多么神奇。高耸的树木落下经年的果子，竭尽全力在可以生根的地方发芽开花。日复一日，年复一年，绿满了山，红遍了秋。这可真如有德行的师长，德高望重又谦恭有礼，诲人不倦终桃李天下。

拜过两殿，算是行程一半。剩下的时光里，我把脚步放得更慢，任自己随走随想。看，在檐牙高啄的亭子里对月谈经，在小巧古朴的罗汉泉中沐手诵经，在倒映着一池枫红柏绿的湖边细嚼清风，在藤牵叶茂的长木凳下饱餐明月。这一切的一切，是世间少有的智者？亦是佛门应见的放下。我从光影下寻觅过去，思想将来，所有的所有，似曾有过，又未得到。唯有这破山寺，唯有这满山绿，伴着明月清风，穿越时空。空了杂念，成了永恒。相机里出现的一幕更让我惊叹，对着参天古木，相机中紫色的光柱笼罩在园子中间，一幕幕，神奇无比，如见仙境。

回到正门中央，我打算向东漫步。"般若"对门，题着"菩提"，门口还悬挂着"常熟市兴福寺慈善功德会"的木匾。穿门过去，白莲池中红鲤嬉戏，池边回廊曲折，飞檐古香，假山嶙峋，树木葱茏，有姑苏园林之美，又超乎它们的宁静。哪能不是呢，山中古寺，寺中园林，可谓难得。之前到此，我都折回出寺了。今儿，我还继续前行。又见一拱门，上有四字："暂息尘劳"。第一次见到它，颇觉趣味。方才几个园子都景致非凡，为何偏在这儿题如此之意的名字？难道是别有洞天不成？

我独自进得园子，放眼望去，气象开阔，除高耸的树木外，还有一个以黄石围之，似葫芦状的池子，水清冽见底。我向前走去，池中一条曲曲折折的石桥卧于池水之上。我轻踩莲步，不觉身已飘飘然。我笑了，怎么会有如此感觉呢？望望池中，飘落在湖中的黄叶被一阵阵风儿吹过，向前移来，哦，原是它们让我飘飘欲仙呢！水中树影婆娑，落叶点点，突又鱼儿被惊，嗖地逃窜，虚实相间，动静结合，我立于池中，已然将自己忘却。至桥头，在石头上赫然写着"空心潭"，这仙湖，这园子，我全然懂得了进门所见的四字。空心潭为破龙涧流入寺内潴留而成，于此，进园之人可将心掏空，把辛劳与得失暂且放下，与天地相融，与自然相亲，更与静谧安然相伴。园中各色古木参差交杂，池对面又有一亭，曰："空心亭"，亭有两层，门锁已锈，望内，是手持净瓶的观音画像。亭后又有一小池，亭子前后均摆着石凳石桌。几棵高大的桂树围在亭子四周，隐约的余香还钻进我的鼻翼。

最后寻得的便是那首寺因它更美、它因寺更出名的《题破山寺后禅院》的诗了。

清晨入古寺，初日照高林。
曲径通幽处，禅房花木深。
山光悦鸟性，潭影空人心。
万籁此俱寂，但余钟磬音。

清代乾隆年间,邑人言如泗守襄阳郡,得大书法家米芾书写的此诗真迹,带回故乡,请石刻名匠穆大展刻碑立于寺中,唐诗、宋书、清刻集于一体,人称为"三绝"碑。这块穿越古今的石碑立于"诗境"之内,什么是永恒,这儿又有了不一样的含义,所有经典,即是永恒在世间的,不管多少年,哪怕碑亭老旧,石刻风化,那一代代留在世人心间的不朽之作,最是永恒的魅力!

　　当我收获满心欢喜,跨出古寺的时候,寺内传来悠扬的诵经声。今儿,我寻得了什么,似乎那首诗已将所有都诉尽,他是否和我一样,也是在这样的清晨来得寺中的呢!

结缘甘露寺

甘露寺在九华山半山腰，又叫九华山佛学院。从山上下来，以为它在山脚下了，但是当我们离开九华山，回望甘露寺时，才明白是山腰间。但这样的地点，已经让它够冷清了。

原来，我们是不准备与它相见的，正如那么多来自五湖四海，不远万里到九华，再一步步向最高峰天台山行进的信众及和尚。如果，没有姐姐如鸥居士的坚持，铁了心要来的话，我们也会和它擦肩而过。

第一天傍晚，导游和姐姐险些吵起来。因为姐姐是带信众出来烧香拜佛的组织者，我们每天的行程里既有导游的安排又有姐姐的意愿。导游知道姐姐想第二天在九华山做佛事，为信众们死去的亲人和先祖超度，希望她在离住处较近的庙里请和尚做这一佛事，而姐姐执意不应，非要选择山下的佛学院。若按常理，每个人都觉得姐姐的做法有些固执，山上庙宇林立，随便去哪座庙里请愿此事，百分百可以进行佛事，而山下的甘露寺，听知情人告知，早已破败不堪，整座寺也没几个和尚在里面，佛学院已经名存实亡，此时已是六点多，估计已经关门。若是去，不要说明天的法事，就连大门也保准进不去。

而姐姐一定要去，而且马上就去。在她的固执之下，旅馆老板一脸不情愿地带着姐姐、我、导游及另一个信众出发。山上检票人员告诉我们，车子必须在七点回到山上。看看表，只有四十分钟了。

车子飞驰在曲折蜿蜒的下山路上,我无心看窗外的景色,手牢牢抓住扶手,身子随着曲折的山路左右摇晃,来时半个小时的盘山公路竟用了十几分钟。胆战心惊之余,心里仍不停地追问,佛学院到底怎样的一副模样呢,姐姐是一个虔诚的居士,真是受着菩萨的引领执意要见它吗?

的确,当我们四人出现在甘露寺面前时,冷清与萧条覆盖着整座寺院。幸而大门未关,我们能进得去,然而,只有一声声"有人吗?""师父,有没有人啊?"回响在青苔丛生与斑斑驳驳的高墙之间,循着落叶满地的小路,我们从前门寻到后院,总算有个不是出家人正坐在藏经楼前面的石凳上,见我们来了,立即去里面叫出了一个小和尚。

小和尚是常城师父,来甘露寺几年了,是专门讲学的。我们只有一点点时间了,长话只有短说,姐姐坐着,将心里话面对面讲与师父听。姐姐先表明自己的来意,是菩萨引领排除万难才到得甘露寺的,接着将所有信众出资供养米粮之钱悉数交到师父手中,然后姐姐指着我对师父说,这也是我们念佛堂的信众,她是老师,又是书法家,这是她写的《地藏经》,发愿供于九华山佛学院的。师父小心翼翼打开长卷,只展开一点,即惊叹起来,这是我今天最惊喜的事了,这么漂亮的小楷,这番诚心诚意,令人敬佩!最后,姐姐请愿明天能否在甘露寺做佛事,师父一口答应了。那个老板进来催我们上山了,我们和甘露寺短暂的见面暂时结束。

暮色之中,我的思绪飘飞起来。

师父没想到,偌大冷冷清清的甘露寺会在7月10日的夕阳下迎来了远方虔诚的香客;师父更没想到,日渐萧条的佛学院会让一个清瘦的信女诚心献上抄写了几个月的小楷长卷。我们没想到,香火旺盛的九华山原来指的是山上,更没有想到,或真是菩萨的引领让我们定要结缘在甘露寺,用一颗真心将愿望和希冀放在这等待重整旗鼓的佛学院之中。

  我真的没有想到自己辛苦抄写的地藏经如此简单地被放在了这里。不知谁会看到，那位没有见面的藏学法师会不会去展开一下？以后是不是和这佛学院一样归于寂寞？和我曾经在普陀、妈妈替我在峨眉献经文都是那么的不一样。或许是我的心没有真的安静吧，那一笔一画只是为了自己的诚心敬意，为何要在乎别人的眼光呢！静静地写，轻轻地来，然后静静地离开，这不是最平凡也最圆满的吗？

解悟《地藏经》

《地藏经》很长,大概有二三万字,全名是《地藏菩萨本愿经》。我用小楷抄写了近两个月,成了书法长卷,达15米长。我为何要抄这部经书呢?开始只是姐姐的指引,自己也不管其义,顾自认真抄写了,三来九华山,结缘甘露寺、再翻阅有关杂志时,才算真懂了些它的意义。

这部经叙述地藏菩萨之本愿功德,及本生之誓愿,强调读诵此经可获得不可思议之利益,消灭无量之罪业。经文一开始说佛陀为感母恩,在忉利天为母说法,十方无量菩萨皆集。地藏菩萨为上首,方便与佛陀对话,他在佛陀及众菩萨前发誓愿,在佛陀离开后,我要度尽无量的苦难众生,地狱不空,我誓不成佛,众生度尽,我方证菩萨。即:不入地狱,谁入地狱,这等意志和愿力,唯地藏菩萨是也。

《地藏经》是佛门的一部孝经。孝道是佛法的基础,孝亲是做人的基础,度众生就是孝亲的扩大。如果一个人对父母都不孝顺,怎会去爱护众生、去救度众生呢?所以离开孝道就莫谈佛法,佛法是孝道的扩展和深入。地藏菩萨正是以一念孝亲之心,而发成宏伟誓愿。父母是堂上的佛,在家不孝顺,而到庙里求佛菩萨保佑自己的儿女平安幸福,这是愚蠢荒唐的事,定不能如愿。相反,在家对父母好,出门有善心,即便不求菩萨,他也定能为子女积得福报。

人人都是父母之子女，人人将来也都成父母，对父母好就种得了好因，以后成了父母也会得好果，这是佛教常说的因果报。

如果站在中国传统文化上，地藏精神就是孝亲尊师。《地藏经》里描述了地藏菩萨在地狱里救度母亲的故事，其中地藏菩萨的思维和行持，吻合了中国传统文化的孝道精神。地藏菩萨的母亲生前做了不善的事情，于是招来在地狱里承受着种种的果报，地藏菩萨见母亲这般苦难，悲切痛心，并发愿，如果能减轻母亲在地狱之苦，自己愿意减少世间十年的寿命。这种精神，即是中国传统文化所倡导的孝悌，在《孝经》里也有类似故事。

每年农历七月，是地藏菩萨的诞辰日。每到此时，信众都会到九华山或各地寺庙为自己的已故亲人做超度佛事，这不仅是用地藏菩萨的慈悲及大众的力量超拔过世的历代先亡，也传递出大众对已故亲人的思念和感恩之情，从而更加珍惜现世身边的亲人，善待他人。"老吾老以及人之老，幼吾幼以及人之幼，"这一句和《地藏经》中的孝悌精神是相吻合的。

有这么个故事。

曾有个地主人家，祖上富裕，但几经小辈挥霍，至五六十年已走向没落。没了曾经的耀武扬威，却丢不下嫌贫爱富的面子，就像没有柴米偏想做出佳肴一样，又不勤勤恳恳重新发家。老人脾气越来越坏，对他人不说，对进门的女婿也是打打骂骂。在这样的环境下，哪个正常人受得了这般折磨，善良的心扭曲不了，身体却已承受不住。于是，三十多岁的人便得上了帕金森病。这病折磨人啊，若不是亲眼所见，我已然不敢相信。七十来岁的他，病情发作时，上身热得赤裸在寒冬里，还一个劲地抖和喘，我背过脸，泪水直流，他，一定难受得如在行刑啊！可我，唯有在心底默默祈祷，求助于菩萨，真的无奈。

我不懂，是否如姐姐所说祖辈的罪孽深重才会如此。他是个善良的老人啊，若是以这样的方式在偿还不是他犯下的错，这当该吗？或许，还有他前世犯下的？哦，我不敢相信，但佛教所说的因果报应又冥冥中在会意我，只有他，或者他的小辈才能让他减轻这种痛苦。那么，我又可以做些什么呢？故事不是别人的，他是我的公公，自尊心强，心地善良的一位老人。

所以，我该将抄写的《地藏经》功德回报给逝去的祖宗，回报给正在受苦的公公。几十年了，越来越严重和难受的他让我们怜爱在心，为什么好好的人会受如此痛苦呢。我原是不解的，如果真是公公祖上所欠下的孽债让他现在偿还的话，那么请慈悲的菩萨减轻他的疼痛，这长长的经卷是一个儿媳的心愿。如若，还不足以偿还的话，我愿将毕生闲暇归于经书抄写之间。愿祖上所有逝去的亡灵及有情众生早些离苦得乐，往生西方极乐世界，可以让我的亲人不再这般受苦，享受正常人的生活。

悲心亦甘露

7月11日下午一点半,我们一行五十人集合在甘露寺,准备参加超度这一佛事。

常城师父先带我们在甘露寺拜谒各个菩萨,从顺治皇帝的老师玉林禅师说起,介绍药师佛,再讲到九华山的全山方丈。然后领我们参观迄今已有300多年的一古老的徽派木楼,红色的楼宇四周镶嵌着古铜色的小窗,中间是四四方方的天井,透过它,可以看到外面高高亮亮的天空。天井在中国古时候的徽派建筑中很是常见,有四水归田之意。大家随师父轻踏在暗暗的楼道至楼上,进入一间较大的可容纳六七十人的教室,我们相继坐好,静下,准备听师父讲一堂短课。

黑板上的讲义是用毛笔书写的几行隶书经句,师父点名让我念与大家听,我虽懂字,却不解其意,师父为我们一一解说,这原来是药师菩萨的第一大愿,大意是,用我所有智慧觉悟让一切有情众生离脱苦海。我想菩萨的心都是一样的。短课只有十来分钟,却能从师父条理分明,言简意赅的谈吐中看出他平时的功夫。接近两点,师父让我们在正殿集合,教我们五指合掌的正确方法。如鸥姐姐让我和其他两位信众站于三个主位边。

佛事开始,我以为会有许多个和尚从正殿边门静悄悄地有序进来,我以为会有穿着金色袈裟的老法师出现在殿中,可是,连那个敲鼓的和尚，和刚才的常城师父，一共只有5个人。这么小的佛事规模，我是第一次参加。曾经在普陀，在五台，在九华山的山上庙宇里，恢宏的气势足以让人震撼。但是，只要是完整的佛事，即便人少，怎么就一定不撼人心魄呢？姐姐知我抄写地藏经功德甚大，首先便要我站主位之一，这样的优待我受到过几次，所以能全面地体验佛事的每一个过程。正殿之上是地藏菩萨，我们上香之后，师父们由慢至快念起地藏经。然后，我们听旁边一师父口令，拜、起、拜、起……再跟随另一位师父在殿中转圈，边转边唱诵阿弥陀佛。

五十个信众似条长龙在并不亮堂的大殿中转啊转，一声声并不响亮的阿弥陀佛在每个人心间荡啊荡，我随着人流，看着菩萨，听着唱诵，想着地藏菩萨悲悯人间度脱众生的大爱，想着甘露寺惨淡寂寥在群山之间，想着死去的先亡和正受苦的亲人，想着想着，泪水不禁掉落下来，这是悲心的甘露么？为何在地藏菩萨前会如此无法控制自己。我们千里迢迢，转山转水来转佛塔，不就是为与菩萨相见，不就是感恩佛菩萨的慈悲么？在一声声忆念中，在一滴滴甘露下，我们脆弱的生命是否宁静了些，我们的心灵是否听到了山的呼唤，水的荡漾？然后，我们再在微不足道的生活中去发现美，寻找爱，然后好好活着，善待一切。

我们是平凡的生命，别苛求在忙碌的生活中一定非要自己念多少经书，以求菩萨实现多少愿望。真正可贵的，在于将心放在慈悲之上，莫求多少，努力付出辛劳，安心了自己，更快乐了他人。

第四辑
掬云得月

不能少走的路

　　冬日的一个清晨,我早早坐上了乡下去市里的公交车。车子是升级版的,和城里的公交车没什么两样。空调已经打开,暖暖的,我将围巾和帽子取下。从等车的那几分钟,到车慢慢停在身边,最后安心坐下,犹如归家的感觉。

　　窗外,西风已将银杏树梢残卷了最后几片黄叶,路边,黝黑黝黑的香樟籽儿和色彩斑斓的落叶让环卫工人扫了又扫,只有那绿化带深处,厚厚的枯枝败叶已记不清从哪年哪月开始堆积,只静静地等待着一次次的雪雨风霜,甘心将自己化作点点春泥,和老树的根相依相伴。

　　当忙碌的工作或生活累了自己的心时,静心守候一次它的到来,你会发现原来自己和别人是一样的,彼此都是素昧平生、匆匆聚散的过客,都在为各自的生活奔波忙碌。尽情享受一次它给予的惬意,想,抑或什么都不想,闭目养神,打打小盹,自在安详。

　　到站,我需转乘市里的公交车。因为对目的地究竟乘几路车不太明白,见身后有一辆公交车驶来,门开,脚不敢迈上去,先问道:"师傅,文化局能乘这车吗?"师傅点了下头,等我刷卡,他又添了句,"你要提前下车,再走些路。"曾经打车去过一次的我,只记得文化局的大致地点,对于绕来绕去的公交车,便没了方向。望车上贴的站台标记,有些犹豫,到底哪一站下较近呢?想开口问人,想想还是任由自己吧。

  我在一个从没有到过的站台上下了车,此刻的自己真的不知道往前还是往后走,只能循着斜对面的站台走去,我要在站牌上寻找目的地的名字,呵,还真有,而且就两站路了。几分钟后,另一辆公交车把我载到了文化局站台旁。心中的路线即刻清晰了,原来,若是我早一站下车,只需走过一个十字路口,左拐便到了。然而,如果我早下车了,也会找不到方向,也还需问路。这么一算,我还是觉得自己收获很大哩。有些路,看上去多走了,其实是必要的,乘车如此,做事如此,人的成长不也是一样么?

  办完事,我步履轻快地返程,穿过十字路口,阳光已万丈。继续等车,悠然,此刻上班的高峰已过,路上清静了许多,只几分钟,要守的公交车缓缓驶来。上车,车厢后面坐着许多六十多岁的阿姨,正聊得起劲,细细听来,也算是知道了故事梗概。一位阿姨的儿子在倒车时擦了一位老大爷,被对方索要了高出实际三倍的金额,双方争执不休,阿姨越说越气,旁边应声附和的像是她熟悉之人,也说对方太不讲理。老人们聚在公交车上,谈买菜哪儿便宜得多,带儿孙学这学那的也有,今儿,还真是难得看到半车子老人在听一人讲故事的。我虽不知事情真相,但有一点是肯定的,在越来越拥挤的城市里,停车倒车却是一大难题,我想,对于擦伤别人的那位青年,一定是受了一次不小的教训,而对于受伤的老者,盼着自己早些康复,也真不必一边养着受伤的腿,再用不善的言行去伤别人,毕竟谁都不想发生这样的事。想着想着,不仅觉得公交车好,连着自己能乘公交车出行也是好事一桩了。嘿嘿,人知足就长乐呢。

  这几年,公交车的改革是显而易见的,特别是城乡公交车。原先到傍晚五点半就是最后一班,再晚只能自己打车回家,从城里到乡下,至少要三四十元,一个普通老百姓咋舍得花这钱呢,实在没办法也就硬着头皮,想着别的法子解决。有时碰上黑车也不懂得保护自己。然后车站增开了两三班晚班车，人们开心得很，不用担心晚了没车了，不过车站五点半后关门上锁，临时增开的车辆要在外面候车，也就是遇上严冬或暴雨什么的，苦了等车的人。后来，公交公司对每个乡下线路都调整了策略，不仅增开晚班车辆，还可以和平常一样在站内坐着候车，冬暖夏凉，一点不急。再后来，就是现在，公交实现城乡一体化，不仅车子统一装束，连间隔时间也差不多，对于农村百姓进出城市，着实方便了许多，车多了，座位相应也空了，出行便利，又节省时间。

　　公交车的票价连连下降也让百姓打心底里叫好。从最初的5元到如今的2元，用市民卡还能享受八折的优惠，学生和满60岁的老人能半价上车，70岁的老人全免。越来越人性化的服务于百姓，真是如沐春风般的温暖。

　　这一步步的改革，就如蹒跚学步的孩子，总是慢慢进步才会迈开坚实的步伐，又好像我多走的那点路呢，今儿我走得近，若是大城市，我许会走更多的看似不该多走的路，但是，真要让自己清晰铭记，多些曲折未必是坏事。

　　我懂了，有些路，不能不走的。故而，有些事，不用先畏惧。

过日子

过日子，多么平淡真实的字眼，它比生活二字来得实在，在普通人的眼里，过日子就如柴米油盐一样，好好地过，要比过好日子来得实惠也更有本事。

因为过好日子有许多条件，起码，家庭在富裕的基础上，顺心顺意，而好好过日子，取决于过日子的人。有的人钱财颇丰，但喜欢挥霍，或是趾高气扬，全然一副妄自尊大的脸面；也有人好吃懒做，得过且过，移东补西，糟蹋了日子更糟蹋了自个。

当然，处于两者之间的便是形形色色的普通人。他们有的勤劳善良，有的也会为占一点便宜而斤斤计较。忙碌的日子里，他们可以早出晚归，可以粗茶淡饭，可以串门聊天，可以读书看报。他们不会细数流逝的日子，看着孩子一天天地长大，爬了皱纹，添了鬓发，也是笑语盈盈绕厅堂。

会过日子的人，即便斗室，也窗明几净，绿意盎然。即便清苦，也真诚善良，怀揣梦想。即便没有锦衣豪车，没有满院芬芳，也依然胸藏万壑，吐纳清香。

问一声自己，会过日子么？

每天下班后的父母总是在夕阳的余晖下打理着菜园，间隙回到院子择菜做晚饭。饭毕后，他们又洗净碗碟。爸爸看一会电视，妈妈整理家中什物。有时姑姑、邻居等来家里串门，彼此就絮叨起家常，有说有笑，自在快乐。父母这般地过日子，我总觉得就是天下百姓的缩影。他们如此，做儿女的也不会偷懒。家务活儿妈妈担待得多，我便少做许多，我将晚饭后到睡觉前的两三个小时花在了习字写文上，乍一看，这好像不是过日子，然而，天天如此，便串起了光阴。珍惜日子，提高自己，这对于有追求有梦想的一代更是好志向。

　　城市的夜幕之下，小区的高楼里灯光亮起，多少人家在屋里过着他们平凡又相似的日子，锅碗瓢盆声，牙牙学语声，风过琴箫声，话语欢笑声。眺望远方，路上依然车来车往，还有多少奔波的人儿，还有多少等待的家人。广场上，已有整齐的方阵在响亮的节拍里舞动着身姿，小道里，还有凉夜下牵着狗儿的一对对，一家家，一幕幕，寻常又寻常，一日又一日，这就是世间百态下最真实的生活。过日子，过好日子，好好过上好日子，这更是每个人心中最真最美的所在。

　　有个很漂亮的小姐妹，日子过得有声有色，我谓之她会生活。日日充实自在，舒心惬意。弹琴摄影，交友旅游之外，还将生意做得得心应手。每每见到她空间里留下的不凡心迹，总是唏嘘感叹。那次，搭她的车去普陀，几个小时的车程后，她还总像姐姐一样细心照顾我，让我心生愧疚。临睡前，她洗漱完毕，将牙膏挤好在我的牙刷上，我因为一路颠簸，冲好澡就睡下了，全然忘了刷牙的事。待次日清早，才知晓她除了会生活，还如此的心细善良。或许，好日子也喜欢这样美丽的人儿，每每想到这，温暖和钦佩就油然而生。我的生日她忘了，可是过几天还托人带了礼物给我；她的生日我也忘了，至今还没补上，心底惭愧着。或许，她不会在乎；我想，给自己一点时间，也会用心偿还的。而那不再是礼物，只是请她原谅的一份心意。

　　久不联系的同学打电话，约我娘俩吃饭，我有些诧异，怎么非要吃饭呢？她笑笑，饭总要吃的，咱俩都忙，乘这机会说说话是真的。哦，我还真的没有她会打算。吃饭的当儿，我们说说笑笑，二十年的光景老去了容颜，成熟了彼此，但越来越看重的是如她所说的，纯真友情。你简单，生活就简单，你欢心，生活即便不太如意，也不会将你打倒。日子是自己过的，感受在自己，但也不能让他人因为你而失落不开心。相反，若是彼此珍重，纯真的友谊会让彼此的生活更添乐趣。分别时，我们说好，以后吃完晚饭互相串串门。我唤她燕子，是个工作出色又会过日子的女人。

机缘巧合

生活中,有些事会在你意料之外,又偏偏让你觉得奇巧好笑,或惊喜雀跃,这些开心一刻的小事你也一定发生不少吧。

前阵子老公说了个笑话。他在地下车库停电瓶车时,捡到了把钥匙,也不知谁丢的,他也没多细看,心想这像是把大门的钥匙,丢了的人应该回来会找,于是他把钥匙放在了出口的水泥板上。一连几天,他都说没人拿走。我说这哪是笑话,他说好笑的在后头,当他有一天发现自己家的另一把大门钥匙不见踪迹的时候,他赶忙去找到了放在水泥板上没人拿的那把,一比,原来还真是自己家的。那是他刚搬进新家没多少天的事(钥匙的样子或许还分辨得不太清楚),说给我和儿子听的时候,把我们笑痛了肚子。一个说他是冒失鬼,一个说他没记性。他倒好,说了句"幸亏我好心把钥匙放那儿,希望有人来找嘛,哪晓得是留给自己的呢!"我想想也是,有时,一点善意确是会给自己和他人留下一条方便之路的。

2014年新春刚到,书友给我几张虞山大剧院看戏曲的门票,我拉着妈妈一起去听。当我找到位置,等待演员开始表演时,有个熟悉的身影朝我身旁走来,我惊喜地说:"丽琴,你坐这儿吗?怎么这么巧啊?"

她一身貂绒大衣,神采奕奕,惊喜地叫了声:"啊,怎么像说好了的一样啊!"

当她告诉我，她也是别人送的票时，两人都惊喜了好一会儿。我们并肩坐着，因为这突如其来的巧遇，小声地私语起来。戏曲开始，我们静心注目戏台之上。这台上的戏是演员们精心表演的，而我们的不期而遇却是生活中实实在在的。台上的人，演绎着生活中的真善美；台下的人，述说着人世间的聚散合。戏如人生也好，人生如戏也罢，珍惜每一次相聚，莫怕别离与辛苦，为美好的日子，在彼此的心田多耕种一份温暖吧！

小时候，妈妈告诉我，我的生日是农历六月二十三，我发现我身份证上写着是7月23日，我没多想，以为那一年阳历和阴历就是差一个月吧。大些了，妈妈告诉我，那时候报户口时，她把时间记错了，把农历6月23日和阳历7月27日写成了7月23日。所以我的身份证一直就是7月23日。前几年，我有了自己的博客，当我填写阳历出生7月23日时，跳出来相应的农历竟是六月十九！或许你会说，这又怎么了，大惊小怪。六月十九，可是个特殊日子——观音生日，而我与佛又那么有缘。似乎妈妈的无意，恰似有意为我改了出生，小时候不懂，长大历经了那么多苦难，越深感这其中的机缘不小了！

儿子的出生是最奇妙的。那时候我9次化疗全部结束，身子瘦弱不堪，从未奢望有个孩子。医生配给一大堆药，让我回家吃，我像是逃脱了魔掌的窃喜者，再不想吃上一粒药，于是那些药都被我搁置在看不见的地方。我心里充满着阳光，即便瘦弱，我也开心地觉得自己像是重生了。半年后，医生打电话让我定期检查身体，我无奈又走进了B超室。

检查的医生说："你怀孕了！"

我像听错了，惊讶地说："什么？"

"你怀孕了，40多天，这孩子你要不要呢？"

我一骨碌从床上爬起来，风一样地跑到妈妈和医生面前，医生问我，化疗配回家的药在不在吃，我说没吃！他舒了一口气说，"那你再把化验单都寄到上海肿瘤医院吧,问问你那时为你手术的医生。"我寄去了,医生欣喜地告诉我:"祝贺你,半年没有吃药的话,你能安心生下这个宝宝,你也真正恢复了健康。"

孩子出生那天,上海的医生来常为我手术,原本说是第二天做的,因为我前面那个做手术的妇女出现特殊情况往后延了,所以医生临时决定傍晚就为我动手术。那天,妈妈开心地说,是医生给孩子挑的出生日子,九月十九,观音成道日。

有些事,真的是有机缘巧合在里面,不过,我总觉得,无意才会遇见,莫要强求,不用刻意。真诚一分,善心一片,你也会收获欣喜与快乐!

今年又是我的本命年,常言道,本命年不是大喜就是大悲。想想自个,的确是呢。12年前,我在病榻前泪眼迷离,望不见今后的路;12年后,我收获了许许多多。学校让我汇报这些年取得的成绩,我一一罗列,才清楚自己苦尽甘来,一步步成长的脚印。自己在书法上的获奖和入展,辅导学生在书法中的获奖,及散文的发表与散文集的出版。苦与乐,在一个轮回中开始与谢幕。而我更懂得,所有的苦也是财富,在人生的舞台上,它们彼此交互,看自己怎么对待。12年,不只是巧合,更是自己对生命的热爱和不断的感悟。

妈妈，您听女儿说

您说，儿啊，我把你放在手心怕冷，含在嘴里怕烫。在远远（儿子小名）还没出生时，我总觉得那是一种溺爱，如今带着儿子，朝朝暮暮地陪伴，明白了原来那是母性特有的，怀胎十月，乳汁喂大，做父亲的体会不了。

您说，儿啊，早饭记得吃，路上慢慢行，衣服及时添，晚上少出门。您没叮嘱孩儿努力工作，没埋怨自个早起晚归，每天的平平安安，每天的和和睦睦，就是您最渴求的幸福。

您总是在放心与不放心间徘徊。

师范三年，正是没有手机和电话的年代。一封您不认得字的家书，让您高兴又让您泪流。邻居家的阿婆劝您："孩子从小就乖，像寄在信封里一样，到哪您都放心好了！"您笑笑，鼻子一酸，泪又来了。孩儿明白，您放不下的是您自己的那份爱，甘心付出就是您最愿意的事情！

记得那个深秋，该是我师范读书回家的日子，可是，我在学校发高烧，被室友连夜推着送去医院挂了水，不知情的您在家心急如焚，第二天，虚弱的我躺在宿舍无精打采的时候，您背着棉毯提着大包小包出现在儿的面前，"孩子，妈妈不在，苦了你了，这次回家，一定让他们来安个电话，以后有事就往家里打电话！"我像受了委屈的孩子一样扑在妈妈怀里，泪流满面。那一刻，儿需要的正是您的慰藉啊！当我抬头看到脸色苍白的您眼睛里满是血丝，也多么的不舍，您一定熬了一个漫长的夜，一晚的思念与焦虑让您鼓足勇气来寻女儿。平时的您很少出门，又晕车不认得字，从家里摸到市里再转车到太仓，这一路的颠簸和辛劳，儿能想象得出。

您总是想着我们不想着自己。

您将晨起的一锅粥熬好，最后一个吃的才是您。您养了一群小鸡，中午半小时的吃饭时间天天跑回来喂它们，您说，自家的鸡蛋孩子吃好，过年还能宰个一两只鸡。

您叫孩儿下了班把饭煮上，菜别动，您回来再做。可是好多次，都不是这样。儿也想为你分担些，把饭煮上后，儿就准备煮个肉汤啥的，可打开锅子，里面已经有一锅萝卜炖鸡汤了，我懂了，您一定是在厂里蒸好中午带回来的，您早盘算着傍晚回家煮得会太晚，想着女儿也有自己的事要忙。殊不知，女儿即便忙着自己的事，也满是对娘的谢意啊！

您上班累了，胃病犯了，总是应付应付，女儿拉您去医院，您还说，多穿点衣服，别冻着我儿了。您总把生活的苦楚自个咽下，亏了自己您乐意，可女儿不愿啊！

妈妈，您听女儿说，孩儿也是一位母亲了，您身上的慈爱和尽心，女儿都在一朝一夕间深深体会和传承开去。

儿愿意您一辈子在放心与不放心间。孩儿的工作与学习，您就多放心些，有了荣誉会向您汇报，有了压力会向您诉说。孩儿小家的饮食起居，您也可放心，两个大人照顾一个孩子，老公照顾您女儿，没什么可担心。您放不下心的儿也愿意承受，您有时多唠叨几句，孩儿一直觉得是幸福。

儿希望您能多想着些自己。或许您对家的关爱照顾减一分，才肯想着自己多一分。若是您不同意，就请允许女儿这样做吧。不要总把好的留给我们，和您一起分享，我们最安心。给您买的新衣别不舍得穿，您这辈子没穿过像样的好衣裳，老了，就让女儿看看妈妈夕阳红的风采。上班累了就请个一天假，不要总觉得自己还如年轻一样，那时全厂挣得第一工分的您如今已拥有了老年卡。孩儿曾一度不许您上班，您竟像个孩子一样哭闹着，道了句：我天天闷在家里才会得病呢！我懂了，您也要实现自己的价值，也需要自己的圈子。于是，女儿任由你去，然而，您一定记着，身体第一，您总是这么跟我说，怎么就不对照下自己呢！

孩儿乐意您节假日吵着我们去外面兜兜，带着您和爸，散散步，爬爬山，像上次去沙家浜一样，乘着舒适的公交车，一家其乐融融地享受大自然赋予我们的美景，多好啊！别总推托要种菜，菜种不完，却吃得完，可日子过了就不会再来了。妈，您说是不？您多笑笑，即使陪着您走走停停，儿也愿意，留下些美好的回忆在您今后的日子里，做儿女的才不愧对爹娘啊！

儿还想您去城里住住，和已经在城里的熟人唠唠家常，您一定会感叹许多。世事无常，唯有每天开心地过好，才是最真切的。妈妈，您也要让女儿多尽一份孝心，别总是觉得您做的都是应该的，您这辈子这样的表率，儿做的不知能得几分。您没读过书，却比我教儿子教得多。所有的言语都比不过行动，怎样的用心都挡不住爱意。许多时候，儿还需多学您啊！

妈妈，您听女儿说，岁月无情，您就少些辛劳，让女儿多担一份爱吧！

每天都有许多事

每天都有着做不完的事，家里的学校的没做完，中间又蹦出个其他的事。总算是下了班，到家煮上饭，喂过"小白"，又准备做点点心给孩子。儿子显得有些疲惫，弓着背，屁股坐了满满一凳子，我猜大概又是作业多了。作为妈妈，有时真不希望孩子作业多，一天下来，学校已够辛苦了，这架势估计又要忙到晚饭。我把热气腾腾的手抓饼递到儿子面前，"先吃吧！"

"今天作业多死了，为什么要反复抄写这些东西呢？"唉声叹气的他用左手指指桌子，示意我放下。

"孩子，你也知道老师为什么要反复抄写的缘故，还不是怕你们遗忘，人总是会遗忘一些东西的，如果不去回忆，许多日子以后，你会想不起来，就如你小时候的一些事情，能记住多少呢？"

"可是，妈妈，死抄硬背也不好，我们没劲。"

"妈妈懂，作业只是学习的一部分，成绩好不是作业抄得多就能定的，但作业好的学生成绩肯定差不了。最关键是把所学的东西记心中，经常温故知新。要不，我们先打会羽毛球，作业若是太多，我们就活动了下接着写完，你若是对自己有信心，也可以私下向老师提议，希望老师今后将抄写部分改少些。"

儿子还是挺乖的，打了会羽毛球，吃过点心，就开开心心地接着写作业了。我有些担心，等上中学的那天，当所有属于他的时间全部被作业挤掉后，真的会有多么伤心。素质教育的今天，我们没看到有多少孩子在课后，在放学后和同伴在一起玩，相比较，乡下家长不太重视学生学习的背后反而有了让孩子自由玩乐的空间。这对于老师，是头疼的，对于孩子，是快乐的。在矛盾之中，多少如儿子一样的乡下孩子的确少了许多学习的机会，能力的培养，但是同是童年，乡下孩子的快乐一定不会少。

吃好晚饭，儿子开始拉二胡，我准备写字。村上的同伴来了，儿子指指里屋，"你先玩会。"儿子练完二胡，两个人喜笑颜开地玩起只有他们才懂的"三国杀"。

写了几个字，沈老师来了，她是个美丽又优雅的女子，五十来岁的年纪感觉也和我刚到学校拜她为师那会一样年轻。都说岁月无情催人老，可在她身上，我只看到了越来越成熟的魅力。是啊，看她对工作认真热情，对学生耐心关爱，连家里和学校的花草都侍弄得蓬蓬勃勃，真叫人心生敬佩与欢喜。这不，自己在家练起了书法，觉得进步不快，跑到我家，让我指点迷津。每每来，总是带了字又带一大束盛开的花，阵阵的清香萦绕于屋，浸润心头，"你啊，来就来，还给我采花带着，不麻烦么？"

"鲜花本属于赏花人啊，你这么好，我一直麻烦你，是我添你辛苦呢！"

"老师，你别这么说，要是你不来，我也不能看到你，和这花一样，因为美好，我们才会相见啊！"

的确，因为心中所期的那份美好，我们每天的事似乎多了，但忙得只要快乐，人生就充盈起来。我们延长不了一朝一夕，却可以将点点滴滴的时光用得更美。

沈老师将最近写的作品给我看，她的认真让我感动，说实话，笔画写得很扎实，我让她放开胆子学写古诗。她说，"到你这儿，我就会有许多动力带回家，然后再认真练字，没几年就要退休了，我习习字，老了可以给孩子们作个表率，也不闲得慌了！

每天都有许多事，有些是必须做的，有些是可做可不做的，把必须完成的认真做完，再把喜欢的事情做点，然后，一日日地重复，一天天地将生命装点。等到儿子长大，在他的工作之余，可以快乐地写写字、拉拉二胡，等到我和沈老师一般的年纪，还是有着许多未做完的事，许多可以分享和充实的快乐，该有多美。

每天都有许多事，该是幸福的，倘若无所事事，那一定是少了人生的方向，更别说有多少期待呢！

岁月教给我

你一定见过高山，不但见，你也一定攀登过，有没有发现这样一个常理：远望时，山的高度很清晰，一旦到山脚，你已经不可能望见山到底有多高，局部盖过整体，原因是离得太近。由这个现象，我在教孩子写毛笔字时，关联出一个道理：你想坐着写大字是不可能写好的。怎么说呢？从姿势上讲，坐着悬腕很费力，时间一长肩膀会酸，没有站着悬腕的自然。从书法上讲，大字以站立为宜，既能做到气象开阔，伸展自由，又可造成力到笔尖，一气呵成之势。从我发现的道理看，大字如山，要看整体，倘若坐下，看细处的一笔笔，再到位也看不清整体的结构。当你坐下写完再站起来时，一定会发现整个字缺了点精神。我告诉孩子，人站着，字也会站得好好的。

儿子在安徽老家的灶下学烧火，他发现越是往灶膛里多塞柴火，火反而灭得越快。几天下来，他懂了其中的学问，太满会灭，留点空隙方好。我说，许多事都是这样的。奶奶种菜，为啥中间留下间隔，要想每棵菜长得旺盛，不留余地怎么生长开来。

如果关联起领导用人，或许有点意思。择人，当人尽其才，更当予以空间。芝麻小事无须管束，在公正和谐之上，留点自由，即是给予人的空间与退路，更有利于整体的发展。

如果关联到孩子读书，也是一样。听市里的许多老师反映，许多城市里的孩子在小学阶段成绩优异,发挥极好,到了中学反而没有一部分乡下学生发挥出色,显而易见,潜能发挥已是极致的他们从小就付出了所有努力,而乡下孩子,原本只发挥了一半潜能,到中学,环境一变,自然发挥得出色了。孩子原是一样的,只是潜能过早地被开发,或许,前者基本功相应扎实些,但相比而言,创造力和其他的天赋早被繁重的课业所泯灭,这便不是好事一桩了。所以,真正的素质教育,我想还是尽可能还孩子快乐的童年,学习和玩耍,一样的重要。别在该玩的时候不许他玩,到了不该玩的时候,他已经对学习索然无味,或者,即便学习,也只是为了高考。

若是再关联到为人处世,也一样吧。《菜根谭》中说,事事要留个有余不尽的意思,便造物不能忌我,鬼神不能损我。若业必求满,功必求盈者,不生内变,必招外忧。又有,处世让一步为高,退步即进步的张本;待人宽一分是福,利人实利己的根基。

你用过保温杯吧?当你很渴的时候,也会有过水温过高,一时喝不了的尴尬吧。幸而许多杯子设计时考虑周全,喝时先往杯盖里倒些,杯盖面积小,一分钟便能将温度微微降低,你便不觉烫嘴了。这简单的道理,用在学习或处理许多事务时,未尝不可。事再多,得一件件做,择眼前最重要的事,暂时放下别的,一件做好再做一件,肯定比三心二意,长吁短叹要强。这与"合抱之木,生于毫末,九层之台,起于垒土,千里之行,始于足下。"有异曲同工之妙。前者说事多得理好头绪,一件件完成;后者更强调基础的重要,一步一个脚印去走。一口吃不成胖子,晴天不做白日梦,像喝水那样,倒点出来,晾上一会儿,既不要浪费多时,更不会渴得太久。如自己那些几万字的经文就是从一个个字累积成卷的,儿子的二胡越拉越好也是勤奋和喜爱的结果,而许多爱好,刚开始并不会喜欢上,是日日与之相伴,逐渐深入和获得进步从而产生更多的动力去继续下去,才得以成为真正意义上的爱好。所以,对任何事,不能好高骛远的同时，我们必是要循序渐进，脚踏实地，一步步好好地走。

朋友和我开玩笑，你得转变风格，学习一些大家的写作方式，我笑笑，想学，但还是更想随自己的愿，写着好玩才写的，若是当痛苦的事做，岂不折磨自己。他说，你总是写自己的多，写身边事多，视野要开阔啊！我无言以对，不能辜负朋友的好心，却在心里暗暗思忖，写自己，写身边小事也不会写完啊，年年岁岁，日子里的喜怒哀乐会一样么？只要生命不息，感动便会常在，幸福更会叠加。跋涉不了千山万水，自然领略着有限风光，但假使寻常小事也能熠熠生辉，又有何求呢？

感谢可爱的岁月，教会我怎样让自己更加快乐！

秋雨心田(雨中日记)

10月29日

足足一个月未下过雨了!

今儿时阴时雨,伴着一丝秋风,心如窗外的绿意一样清幽舒畅。或许,太多的阳光已让大地久违了甘霖,太多的晴空也早叫人渴望那份自然的滋润。雨,一场绵绵的秋雨,该是一份多美的礼物。

静坐窗前,在墨香氤氲里听雨。淅淅沥沥,又窸窸窣窣,伴着几声鸟鸣,如漫步在禅院般静谧、安然。笔下,一行行经文自右向左慢慢加长,一页,轻轻翻过,雨未停歇,又是一页。我丝毫不解其中的深意,只是,一颗心都在绵绵的细雨中安享随和。我不思量是否对菩萨的敬与不敬,只是这份淡淡的心情与窗外的世界多么的相似。或许,自己每日留下的点点印迹,仿佛便是这无声的细雨,无言的秋色。非是晴空,却润心田。

生活中不能没有阳光,然也不能少了雨露。生命中需要温暖,但所有的风雨都是历练与财富。享受了阳光,从容了风雨,人生才会潇洒地看云,安详地听雨。

我的笔名原为夏荷,后来改成了荷轩。谐音"和谐",倒不是非要迎合大环境,但加了此意也觉更好。从自身说,一个人也需和谐的。与他人的和谐可以好好地融合这个社会,与内心的和谐可以且思且行在人生路上。有位方家答应给我刻一方四厘米见方的印,内容我定，我寻思数日，待到有一日夜晚，静听窗外的雨声，心生欢喜，"荷轩听雨"，禅意，诗境，蕴含着人生的悠闲自在。一个月后，朋友将古朴雅致的印章送与我手中，我无以言表感谢之意，将写好的千字文小楷递给朋友。

作品尺寸较大时，我就会小心翼翼将此方印用上。小楷的大幅作品总要千字以上，字多，心愈要静。不温不火，不急不躁，再有风吹草动，也动不了内心一丝一毫。我没有一个大大的写字台，没有一间宽敞的书房，有的只是将工作之余的闲暇汇集于一起，在一米见方的天地里从容端坐、静默提笔。

雨止，天仍是阴阴的，听说要下几天，我期待明天。

10月30日

今儿的雨比昨天大了点，我穿上雨披骑车来到学校。

那一排香樟树和学校同生共长，足有20个春秋了。粗壮的树干顶着伞盖似的枝叶，伴着满树的小黑果子，在微风中轻轻摇曳，树下的林荫道只那么一点湿，全然没有秋风扫落叶的萧条，因为第一个到校的我总能瞥见门卫张老伯扛着笤帚归来的身影。这点雨，能让大树喝个饱么？我抬起头，雨披已经脱下，几滴雨掉落在脸颊上，凉凉的，还不错，不禁像个孩子一样，笑了。

上课，下课，批作业，处理些孩子们的小报告，每天总是这么忙忙碌碌，适逢这场秋雨，广播操无法进行，便陡然多了段时光出来。让孩子们背会《三字经》吧，当我正想走出办公室时，外面似曾听过的声音又传进耳朵"雪芬，给你带了点菜。"哦，又是王同事的老爸，双手拎了两个大塑料袋，透过它，可以看到里面许多时令蔬菜。我穿过走廊，向教室走去，隐约还能听见女儿嗔怪着爸爸，"怎么雨披都不穿啊！"或许，老人也和我一样，一点没觉得这雨多凉呢，28天了，土地上耕种的人们不知念叨了多少遍的"还不下雨啊！"

没有哗哗的雨声，雨是不大的，没有呼呼的风声，雨也是寂寞的。风雨为伴时，各自便有了形态与声音，如此，它们该是彼此依附着才更具自己的模样。斜风有细雨，狂风而暴雨，无风无雨时，万籁此俱寂。此等起伏跌宕最终走向平静，宛若人生的种种境遇。雨过会天晴，风过竹留声，它们生于自然又将赋予万物多少万缕千丝。这也告诉着自己，小小的风雨固然这样，庞大的人类又怎能独将自己放于最高的地位？

午后，雨停，走在香樟树下，一树树的绿经过雨水的滋润更加葱翠，那瞧不见的地下的根，一定也微笑谢意这阵势不大的雨。它们懂得，即便一点恩义也要感激，更何况好雨也知时节呢，霜降已有数日，前阵子却热得回到了夏天，不来这场及时雨，怎能顺利入冬呢！

今夜，窗外是个绵绵秋雨滴滴下的世界，辗转入眠，翻开枕边的书读，文字总是能感动容易幸福的心，待雨声渐无，眼也倦了，今天的我又滋润了谁的心田？

10月31日

雨时断时续下了一夜，至清晨，雨势加大，走在路上，随时提防车子溅起的水滴。校门口，早到的孩子从横七竖八的电瓶车下来，陆续飘动花花绿绿的伞。

我来到教室，交代已来的孩子，天雨路滑，别出去乱跑。然后坐上公交车去妇联，准备和几个书友一起去苏州文联参加"情牵翰墨，家在苏州"的开幕式。

展厅在四楼，不大，人倒很多，书画作品参差交错，篆隶行楷书，花鸟人物画，亦是丰富多彩。我和书友边走边赏，各自在自己的作品前留了张照片。环顾四周，人群中有个似曾相识的面孔，是她吗？太像了，只是脸上多了点岁月的沧桑。我情不自禁向她走去，轻拍肩膀，"您是彭老师吗？"她绽开笑脸的时候，我们俩的手已经握在一起了，因为二十年前，她也如此深刻地印在我们的脑海中。

她常常露出笑脸给我们讲课，一口标准流利加之文学底蕴深厚的普通话总让她的课堂精彩纷呈，散发青春活力的少男少女们暗暗从心底升腾起对这位小个子老师的无限敬意。两个深深的酒窝时不时出现在她脸上，学生头，平平的前刘海，着实让我们怀疑她到底有没有实际年龄。而她笑起来眯成一条线的眼眸里更让人感觉到一种力量，一种心底的真诚。或许年华老去，有些东西却永远不会改变吧！

"老师，我是您学生，葛丽萍。"我微笑着。

"记起来了，丽萍，这么多年没见了，你瘦了，读书那时脸还圆圆的。"她带我去看她的作品。那是一幅隶书对联，古朴雅致。才刚欣赏一会，她便要寻我的作品。我们手拉着手在人群里穿梭，到我的《千字文》小楷前，她眼睛一亮，竟然伸出手臂给了我一个大大的拥抱，"丽萍，太棒了！"我们小声攀谈起来，二十年的过往此刻只能将最想说的话留给彼此，此刻，她不但是我老师，更像是一位大朋友，毫无隔阂，只有亲切。最后，我告诉老师，想寄上自己的书与她，只是不能嫌弃学生，她头一摇，"怎么这个话呢，"转而她才告诉我，她在语言文字方面已写了12本专著，我的天！眼前矮我一头的她，竟是如此之高大。我，怎可以在别人的赞扬声中心满意足呢！待人群散去，我与老师各自回到自己的队伍。

午饭时，我以茶代酒敬了老师一杯。等会，我们又将踏上自己的征途，窗外，雨早停了，阳光微露。

11月1日

今天是周六，阴天，至下午三四点，蒙蒙细雨开始飘落，特别的日子里天也有些特别，在张家港工作的同学邀我们几个常联系的初中同学去金港吃江鲜。从常熟市里驱车，到达江边将近两个小时，江上美景全然被黑夜掩盖，只有远处若隐若现的灯火让人感觉到它的开阔，风雨掠过车窗，呼呼做伴。

身旁是二十来年未见的学友，同为妈妈的女人们在一起，聊着孩子，说着自己，总是那么的相似，似乎在彼此眼里，变的是岁月，不变的是我们。一眼就能认出，一说就很亲近。

我们到的地方是一个较大的农庄，高大上的感觉在夜幕中也能窥见一番。酒店格调清幽，有农家风味又不失尊贵身份。进得一厅，"菩提心"的对联悬挂在南边，屋外的走廊和静静的池塘相连，一轮还未升高的月映在水中，静听着蛙声与蝉鸣。夜色下，八九位同学举着杯中酒，叙着同学情，笑语盈盈，其乐融融。我还是第一次到江边，第一次品江鲜，其实不论吃啥，都无法和谁相聚来得重要，聚的是那份情谊。

我们之中，有老师，有商人，有医护人员，有银行职员。虽工作不一，但层次相差不多。同学间少了份客气，多的是实在，有彼此抖搂儿时趣事，揭短的；有非要对方喝光杯中酒罢休的；有坐着聊家常的，有尝着美味的，还有的竟透露出初恋的，此刻，岁月在彼此心间就是一份厚礼，任自己渐行渐远，那份童年的快乐和青春的律动会越显越璀璨，那份畅所欲言的自在与甘甜也绵绵渗进每个来者的心间。

杯中酒泛红了你的脸，同学情温暖了我的心。大家倡议，二十年的相聚能否实现在不久的那一天，请老师一起，重温岁月，共享快乐。

回到家十点多了，雨已停，深秋的凉意渐浓，夜空下，我又将告别一个特殊的日子。所幸是四天的连绵阴雨没晦暗我的好心情，我知道，它即将告别，明天的阳光会格外灿烂。

我和儿子共成长

一直以来,家长们都是希望孩子成龙成凤的,可是,当许多孩子慢慢地长大,我发现,我们高估了孩子,莫说将来能怎样,首先他得是一个正常的人,一个自然的生命,这才是最现实的。我不能改变孩子在学校所受的教育,而自身对孩子的影响是可以努力做到的。因为我们是孩子的第一任老师,亦是他们终生的良师益友。

台湾著名学者傅佩荣说,人若没有一个好的家庭环境,就很难展开一个正常的生命。可见每个孩子在成长过程中面对的父母和教师营造的、直接包围他的环境有多么重要。家庭中的每一位成员都要以影响好下一代而作应有的表率,切不可表里不一,出尔反尔。

家庭和睦对于一个孩子的成长是至关重要的,家人之间的相亲相爱会让孩子学会宽容,学会理解,学会关爱。和谐的家庭氛围应该是乐观开明,积极向上,富有生机的。

"父母的思想品德是孩子的一面镜子"。勤劳善良的父母养育了我,我也在工作和学习中勤勤恳恳,对待他人时真诚善良,而我的孩子,从小生活在这样的环境,对人对事也会善心一片。我在10多年前生了场大病,爱人与我风雨同舟,相濡以沫。亲人关怀备至,温馨感动。康复之后,家人更加珍惜来之不易的幸福,感恩生命,彼此相敬相爱。孩子在这样的氛围中,积极向上,活泼乐观,关爱他人。

我喜欢读书写字，下班之后的很多时间，我没有用在自己的孩子身上，而是孜孜不倦地追求艺术。我不认为家长非要让孩子学的，做的才叫家庭教育，若是孩子在一种积极要求上进，父母从来不出去麻将，不上网游戏的家庭环境之中，那么，孩子怎会想出去疯玩，满脑子想去上网呢？如此，家长自身素质良好之外，又要有进取心，让孩子看在眼里，懂在心里，也起到了真真切切地表率作用。所以父母及长辈们良好的品行，可以使孩子在每时每刻耳濡目染，潜移默化。孩子在适当的表扬和鼓励中生活，他学会了自尊和自信；在平等中生活，他学会了公道；在家人的温馨友爱中生活，他懂得了爱与被爱。作为孩子生活、学习的最初学校——家庭，文化氛围主要是以潜移默化的心理暗示和熏陶的方式给孩子成长以巨大影响，留下难以磨灭的印记。

作为父母，我们庆幸自己没有逼着孩子去学什么，喜欢上二胡，是源于孩子自身和他的老师。有一回，老公搭同事的车回来，有些无奈地告诉我，同事不解地问他，为什么孩子要学二胡，学书法，这些都有何用呢？我哼了一声，那是人家觉得费时费力又不能产生经济效益的原因呗，或许，有些人淡薄了一样东西，人世间，若是有种追寻着的快乐，除了金钱，它会更加纯真自然，来得也更幸福充实。当远远入神地欣赏、临摹褚遂良的《倪宽赞》，临睡前将它放在自己枕边时；当他跟着老师的录音认真练习曲子，听得我们如痴如醉时；当他一遍遍地自学着老师未交、从网上下载的二胡名曲时，我们懂得，这便是喜欢和快乐。在学校优异的成绩背后，孩子有辛苦，若是没有点自己喜欢的东西，他拥有的还只是书本。音乐、书画等可以陶冶情操，那么，就让喜欢它们的一颗童心因此多些自由吧！在这片天堂里，不是一张白纸可以成全一幅佳作，倒是触类旁通，彼此互相影响和增长。至少在远远身上，我敢肯定。

家庭教育要有心而无痕，家庭文化虽无声而有形。

良好的家训家风与家长自身良好的道德素养贯穿着家庭教育的始终，而家庭质朴无华、洁净整洁，家长端庄优美、落落大方的仪表，以及谦恭文雅的言谈，豁达大度的风格，时时在陶冶孩子美好的心灵。它们相辅相成，为了尽可能雕琢好那块"美玉"，我们只有自修，在各方面提高自己，有仁爱之心，在孩子的教育方法上也要不断学习摸索。

终为房奴

曾经,看到同事姐妹为了孩子买房读书,不得不每天辗转于城市与乡下时,觉得离自己好远,更在心里嘀咕,孩子读书一定得这般折腾么?如今,真轮到自己的时候,我也是理不直气难壮了。

何况,这房奴是自己一步步走出来的。

三年前,一家刚有点小积蓄,看到别人买房,想想以后有机会可能会进城,孩子读书兴许有用,就狠了心,壮了胆,贷了大一半的款,买下了三室两厅的高层"鸟笼"。不过,说实话,虽然平时懒得去住,但对于刚回常熟工作的老公来说,倒确实方便许多。每周六,我陪儿子进市里学这学那,忙完往家里沙发一躺,忒舒心惬意。轮到爸妈节假日休息,就拉着他们在城里转转,"鸟笼"里顿时温馨热闹。因为有了城里的这个新家,一家人和和睦睦外,更加努力工作。哪能不是呢,不都指望着早点把贷款还清,再买辆车子方便些呢!正当贷款的数字越变越小,盘算着新年后买辆小车,一个念头竟从心底萌生,而且它一旦出现,便哗啦啦地猛长,在内外催化剂的作用下,念头竟成了行动。我突然有种哲理性的发现:人,要是都像买房去做事的话,哪有不成功的呢?

怪只怪儿子长得比还贷款还快,今年都五年级了。想想,后年得读初中了啊,市里的新家划区在哪呢?

"哦,今年又变了,划区重分。"

"那在哪呢？"——"什么？那儿中学行吗？"我得问清楚。

就这样，通过再三追问，四处打听，连那学校的老师都见了面说，"不行啊，保险些还是买重点中学划区房吧！"

一个重锤狠狠地敲在家人头上。

买房是一定的了。可是，钱呢？我又发现第二个哲理，钱可真是既好又不是最好的东西，有人拼劲一生，为的是它，不管人情冷暖；有人挥霍一生，太不珍惜，因为有它而堕落迷失。那我们呢？一向不认为金钱万能观的我，今儿也暂时被它折服。于是，东奔西跑，真诚有余地向姐妹、亲友们道出苦水，钱凑得倒挺顺利，老公松了口气，我却半点高兴不起来，这一大笔钱都压在自家身上呢！

我和老公通过一些中介，看了好多划区房。最后把目标选定在一对老夫妻俩想出售的60多平方米的小屋上。屋子不大，却格外整洁，亮堂堂的地板上物品井然有序，连窗外摆满的花草也生机盎然。看着和蔼的老人，我一下子喜欢上了这个屋子。看房就是看别人的家，什么样的人有什么样的家，这几天可是清楚不过了。有租客的，通常不爱惜屋子，连自己的东西齐整洁净的摆放都做不到。就是准备出租的，也是个不像家的样儿，门窗，茶几，即便有，也是灰尘满满。更有带小院的，整个一个没有的好。杂草丛生，污秽满地，像是被糟蹋了好久一样。这么一比较，老两口的这屋子让我们看了就心动了。就这么短短一个下午，到了晚饭后，我们两口子和老夫妻俩在中介那面对面坐着，准备签合同了。

那是重阳节前晚，我顺带了本签上名的散文集送与夫妻俩，我一直相信人与人是有缘分的。两口子精神矍铄，清爽和气，和那温馨的屋子一模一样。我们呢，谈笑间真诚善良，偶尔流露些曾经的故事，让他们感慨万千。老两口把价钱降下2万多，惹得电话那头的女儿心生不满，开车跑到了中介。做母亲的朝着女儿不好意思地笑，女儿使劲瞪了下老人，不开心地问："以前这个价，你怎么都不卖,怎么现在低了倒卖呢?"我全明白了女儿的来意,见老人为难,笑呵呵地对她说:"莫怪你爸妈,是我压的价,之前没卖,只说明你父母和我们有缘啊!说实在话,我们现在的确缺钱,想省点开支,不过,花说回来,有缘相识,是钱买不到的。"老妇人望着我,赞同之余全是歉意,转向女儿道了句:"他们小夫妻俩也不容易,都是好人,我今儿就做主了!"

如此,一纸合同,将自己变成了"房奴"。然而,即便是,这其中的故事也有回味的地方。

房奴不可怕,生活还将灿烂依然!

凡　心

一

一日，一同事和她朋友来家里闲谈。

同事刚生完孩子不久，步履还有些蹒跚，我让她去里房躺会，留下她朋友，朋友问我，家里有没有网络，我告诉她，家里不上网的，平时手机可用。看她有些无聊，我就把自己的散文集递给她看。

二十来分钟后，她合上书说，这书太感动了，我有些受不了。我不知道是书感动了她不忍自己看下去，还是如实在发表自己的见解。我笑笑，都是往事了，不过能感动不是坏事哦！她也微微一笑，把书放回桌上，说了些夸我有才的话。

同事走出来，她问她，你看过这书吗？同事摆手，说，我太容易落泪，还是不看吧！我从来没听过这样的回答，惊奇程度不亚于她朋友看到我能出书。我再也笑不出来了，自言自语道，感动的泪水可以荡涤心灵的，怎会多余呢？

她仿佛没在意我的话，顾自和她朋友说话。

她说，最近看了大儿子小时候的录像，很是新奇和开心。真的，好多都快忘记了，可惜还有个盘坏了，里面还有好多他的片段，真是遗憾呢!

  我释然了,她只是觉得用不着去感动别人的事,在乎些自己的点滴快乐才应该呢!如此,我将收回自己在心底的不解与愤懑,每个人都有自己的活法,她在她的世界里,我在我的天地中。

  不过,还是想说的,感动不用去寻找,能打动心灵的,即便微乎其微的小事,也会铭记。感动也不用刻意回避,那些不用去考究的,亦真亦假的,你,或他的,或更遥远的事,能让你流下的不是泪水,而是甘露,是人世间的真情暖爱。

二

  车窗外,暮色渐浓,路边高耸的梧桐树枝繁叶茂。
  我莫名地想流泪。泪水没有滴落下脸庞,却湿润了眼眸。
  我寻找原因。
  我的身后是他,我的身边是儿。该是家的幸福吧!为了一家,他毅然放弃了十多年的工作和美好前程。团圆的家,看起来那么普普通通。儿子喜欢靠我肩上睡觉,睡熟时,头很沉,我却喜欢他这样。

  站台上总有人等车。老人们腿脚迟些,慢悠悠地上来,卡还没刷好,前面早有人起身让位,司机将车慢慢启动,待老人坐稳,再向前行驶。那个抱在妈妈怀里的幼儿时不时向后面张望,她好小,细软的头发还不长,眼睛咕噜噜地转。多么可爱的生命啊,无拘无束,天真自然。我张开嘴巴,微笑着咯噔一下,她被我逗笑了,咯咯咯的一串,银铃一般。我再朝她眨眨眼,她继续笑,她妈妈不知背后的小故事,和她一起开心。

  车上响起了熟悉的曲子,"不经历风雨怎么见彩虹,没有人能随随便便成功……"我一边哼哼一边寻味,像是写给自己的,或许,经典自有它吸引人的地方，再是平凡人，也是一样要经历磨难才感悟生命的，激扬的曲子字字句句都扣人心弦。

路灯亮起，汽车在热闹的市郊继续穿行，外面的暑热不知道有没有退去几分，我的膝盖倒有些凉意，因为空调已经吹了个把小时了。

我享受着平凡而温暖的一切，在渐行渐远的路上。

那晚，做了个奇异的梦，一只美丽的凤凰在空中出现，过了一会，凤凰不见了，一个装束得瑰丽又庄严的女子出现了，我在天地间望着，甚是惊奇。我不会解梦，却是想着，如此美好的形象能出现在梦里，定是好梦。

是那颗常易感动的心，抑或是那些追求美好的愿吧！

三

清晨，一场秋雨刚过，丝丝凉意逼人。我打了个喷嚏，又套了件外套，骑上电瓶车轻快地上班。

家门前的这条小路，由东向西，是村里的男女老少出村子的必经之路。从最初的乡间田埂成为如今的水泥大道，已是一个妙龄少女的年纪。路变宽敞了，孩子们一不小心就长大了，连着村上的那几位老人，都白发苍苍了。

村上有位七八十岁的老人，每天在这条水泥路上呆着。他总是静静地坐在轮椅里，有时老伴陪着他，在长长的水泥路上推过来，再慢慢推回去。很多时候就他一个人，时而眯着眼睛打会盹，时而望着远方看风景。从清晨到黄昏，寒来至暑往，不知是时光在深深地伴着老人，还是老人在细数点点滴滴的过往？

妈妈告诉我，老人病了，还不轻。那怎么总在外面呢？我心里嘀咕。以后每次我经过他身旁时，总是格外留意这位瘦削的老人。

早晚都会和他打个招呼,怕他听不见,我故意把分贝提高些,老人吃力地动了下嘴角,许是想说话又说不出,他点点头,微微朝我笑了笑,轻轻抬起一只手,朝我上班(或回家)的方向指了指。

神志清晰的他一定不想每天待在屋里做个可怜的病人,却给身边的我们以微笑和温暖。与其是我亲切的态度想给老人以生命最好的慰藉,还不如说一个站在生命边缘的勇士在用余光照耀行色匆匆的路人。

老人的一举一动,我印在了心上,他是水泥路上一道别样的风景,更是生命桥头那朵灿烂的云霞。

四

妈妈又迷上听戏了。

其实,在我很小的时候,妈妈就一边踩着缝纫机一边听戏看戏了。她不认得字,评弹说书倒是听得津津有味。吴侬软语的熏陶,美好情节的感染,使得心地善良的妈妈时不时掉下眼泪。后来家里有了台十四寸的黑白电视机,妈妈就看到了古装戏曲。越剧中的《梁祝》《沙漠王子》,黄梅戏中的《天仙配》,沪剧的《碧玉簪》等都不知看过多少次,不过,每回再看见时,妈妈总还是不放过,手里的活儿没停下,眼梢有时瞄下电视,嘴里还不时跟着乐曲哼起来。

那些晚上,我总会帮妈妈打打下手,此刻,妈妈就将白天看到听到的曲段讲给我听,我听得好奇,连着问"接下来怎么样啊?"那会,恨不得偎在妈妈怀里,让那些美丽动人的故事静静地陪伴每个辛苦的黄昏。

看着妈妈那么喜欢听戏,我索性给她买了个MP3一样的科技产品。小巧型,可随身带,想听什么就下什么。妈妈呢,欢喜雀跃得如孩子一样，连洗澡时都没舍得让耳朵闲着，望着卫生间的门，我笑了。可是，光听，妈妈还觉得不过瘾，我又觅到了一款能看能听的全能看戏机。

开关，音量，上下曲，我一一教过妈妈，晚上，当我在客厅静静写字时，妈妈就在房间里享受她的美好时光。儿子听着音乐，有时也会被吸引过去。有些晚上，我练琴时，隐隐听到房间里的戏曲声响起，我就轻轻打住，那温婉的乐曲声，不仅是妈妈的快乐，还有做女儿的一份心安。

怀乡行

一年一度的二胡考级又开始了。

那天一大早,我和儿子冒着大雨来到文化馆。休息室里坐满了等待二胡考级的孩子,俞老师挨个给孩子们对弦,大人们说说笑笑,一副无所谓的样子。我瞅瞅儿子,指指二胡,希望他再练上一两遍。他立即明白了,和一起学习的同伴将凳子从座位中搬出,挪到空些的地方,在嘈杂声中练习起考级曲。

看着他不慌不忙的神情,我的内心却是不安的。难道是孩子不够好吗?不是,昨晚,儿子在电话中已将这首《怀乡行》深情地拉给了远方的两位老人听,曲子宁静、悠远,深深的思念和祝福尽含其间。五分钟长的曲子,我听得想流泪,远方的亲人啊,你们是否就是这般在每个夜晚思念我们,想着我们几时回家团圆,扳着手指过着寂寞的日子,然后每天远远地祝福着,等待着。一个11岁的孩子能感受爷爷奶奶的爱,体会彼此的思念和真情,能做到这般,我不该欣慰吗?

那么,为何我会紧张呢?或许是孩子的好,让做妈妈的我不希望他在考级中出现差错,希望他也能如昨晚那样,淋漓尽致地将自己最美的一面发挥出来,得到他该得的成绩吧!

况且,俞老师对他也是满怀期望与关爱。老师65岁了,教儿子二胡已有四个年头,他认真教,儿子乐意学,也用心练,每每上课,总是被表扬得多。渐渐地，儿子喜欢上了二胡。每年的六一儿童节，他都会兴奋地将二胡背到学校，一曲曲地拉给同学听；家里来客人，他也一本正经地拉几首曲子。然而，不知怎么的，前两年的考级，他只得了合格。俞老师很是不解，但又不想伤他的积极性，便对儿子这番解释，我们学二胡，不单单为了考级，如果平时很棒，坚持下去，努力改正细微的小缺点后，相信有一天总会得到良好或是优秀的。

在考级前的一个月里，老师又郑重其事地对儿子说："思远，你拉《怀乡行》吧，这曲子是四级中最难的，在上海音乐学院的二胡书里，是八级曲子。"我纳闷，为何让孩子拉最难的呢？老师摸摸儿子的头，继续说道："老师知道你爸爸曾经好多年都在远方工作，那时候，你一定天天想他的，对吧？这曲子最难的地方就是要融进感情，老师希望你挑战一下，如果你这次还得合格，老师也不怪你，因为这曲子历年没学生敢考它。"我明白了，俞老师定是将我送他的散文集看过了，才知道有关我和孩子的一切。儿子点点头，懂了老师的用心，每天在家认真练习。那段日子，每回上课，老师都会听他拉一遍曲子，遇到出现的小问题，即刻停下来，耐心地示范，一遍遍地给他纠正。在老师的指点下，曲子越来越优美了。

然而，即便老师嘴上宽慰孩子，我的心底仍能明白老师的心愿。俞老师在人群中看到我，走过来和我说："这个暑假，我看到你脸色不太好，身体怎么样？你是个真诚善良的孩子，事事不能太认真，自己的身体是第一的。"暖暖的话语涌进心田，"我就是忙了些，身体还好，谢谢俞老师。"我知道，其实，在他眼里像个孩子的我，有好多话想和他说，可到嘴边，就只有了这么一句。我的痛苦经历和执着追求他已全然知晓，如此关切，更是觉得自己和孩子要对得住他。

儿子拉的《怀乡行》在考级教室里缓缓传出，门外的我激动起来。

孩子，你已经很棒，妈妈不应再给你压力，就这样放开胆子尽情演奏吧！

曲子渐慢，余音袅袅。儿子走出教室，说了一句，"妈妈，考级老师从头到尾听完了我的曲子，我前面的同学都是老师叫停，没拉完的。我尽力了，如果又是合格，你不会说我吧！"

"不会的，孩子，你已经是优秀的了。老师明年就可能回上海了，他将关爱与期望都给了我们，以后，你只要继续努力，便是对老师最好的怀念，这曲《怀乡行》不仅是老师希望你学会的，也是你将来拉着它，怀念老师的。"

待我们走出文化馆，雨早已停了，蓝天白云下，一切都亮丽入眼，清新扑面。

父亲的心

每到暑假，夏天便真正炎热起来。

家里的正厅有一台用了好多年的空调，这不，想用它时，才发现轰轰轰的声音下竟然一点没制冷。我赶紧打电话街上修空调的，冷冰冰地说要排到3天以后，正当我一筹莫展时，叔叔从门外经过，指着白墙上的字迹让我看。我一看，是一串醒目的电话号码，像是用黑色排笔刷上的，旁边还注明此乃维修空调等家用电器。说实话，我还从没拨打过墙上的小广告电话，要不是受不了这炎炎夏日，我是绝对不会想到去拨通这种电话的。

接的人一听就是外地的，他似乎挺客气，马上答应下午就过来看看。中午过后，我就耐心等待他的到来。吊扇不停地转着，一直想把我写字的纸飘飞起来，我的手机，镇子，长尺都用上了，纸仍等着我挪动它的间隙蠢蠢欲动。不仅如此，我的手心里还在出汗，虽说条件艰苦能磨炼人的意志，然终是想着，若是空调好了，不用费心这些，或许字会更自然呢。

等到下午三点多，一个骑着摩托车的高个子男人出现在家门口，他从后备厢里快速地取出工具包，问了我几个问题，熟练地打开空调盖，再查看外机，又从工具包里拿了什么取出，放下，再开机，这番利索，还真像个维修工的样子。空调还真的吹出凉风了，我付了他定的钱，感觉有点贵，但想想人家也是外地百姓，大热天的做这个活儿也不轻松,就乐意地将钱给他了。

不料,两天后,空调又不正常工作了。我有些气愤,原本妈妈就说我付多了钱,这下又没完全修好,这不是自找苦吃吗?我想在电话中责问下他。电话那头很是嘈杂,说什么你家的空调本来年数长了,有些零件都老化了,修好了这个,可能那个又出问题了,我这几天忙,过几天一定过来给你看。我生气起来,悔不该拨打这种小广告的电话,电视中不知多少人上过当,自己真是太不知趣了。那天以后,我天天打一个电话给他,他呢,好像总是忙忙的,有时像在路上,有时像在干活,不过,若是真骗我,可以不接我电话啊。我知道,尽管自己有些后悔,但还是抱着一丝希望的。

等我打了第五个电话后,他又在我家的空调下了,他说,我说的没错吧,这次坏的不是原来那个地方,你看看,这个接头的问题,小问题,一会就好。对了,你家有这个细管子吗?没有啊,我去买!他说,算了,还是我去跑一趟吧,你也不懂买多细的。他骑着我的电瓶车去了附近小街上,他那辆看上去老破的摩托车静静地停在我家院子中。那会起,我真正信任了他。

空调彻底好了,我以为我不会再和他有关系。人和人有时就这么因为一点小事,相遇相别,似乎看清了彼此,然后就会慢慢遗忘。然后,还没把他的电话从我的记录中删去,他竟然给我来电话了。

"老师,我有个儿子,写的字不好看,想跟你学字,行不?"我笑了,"你怎么知道我会教书法?""那天来你家,看到你在写字,后来我去街上给别人家修空调,听到有个老师是书法家,教的孩子个个写得一手好字,我问清了,原来就是你。"我说,"我现在不教了,已经住在市里了,你儿子特地来的吗?""是啊,他从老家特地过来的,你还要回乡下吗?我们等你几时回来,再来学字,好吗?"我被电话那头的真诚打动了,我再也说不出"不"字,"那过了20号,等我回了乡下,再联系你们吧!"我将自己的安排说出了口，绝不是敷衍他。

8月23号，他带着一个高瘦的大男孩来到我家。我边教他儿子，边问他，你住北桥吗？有一次听你说从那儿赶过来修的空调。不是啊，我们住虎丘附近呢，他2号就来了，那几天我特忙，没及时打电话你，等到打你，你已经去市里了。啊，我惊呆了，那么远。我没想到一个父亲可以如此用心为孩子，二十天的等待，几十公里的路程，我，万万没有想到。

我坐在大男孩身旁，尽力把钢笔字的方法教会他，哪怕只有几天时间。他的父亲远远望着他，我清楚，但愿我能多教点孩子，但愿这孩子也能懂他父亲的心。

美与坚持

烈日下，我和儿子总算等到了一辆出租车。

上车，师傅见儿子背着个二胡，笑着问："去学二胡？二胡声音悲悲的，不好听。"

我还第一次听见有人不喜欢二胡声音的，或许那首《二泉映月》悲伤得让人不敢靠近了，可是，他这么说，想必一定是听过，但是，为什么说不好听呢？他听得出悲伤，不是没有感情，为何非要兴高采烈，激扬万分的曲子才算好听呢？经典的歌曲和名著中，有多少是怀念与悲情的，那种柔美，那种幽远，总能让人感同身受，让人怀念至今。

就如最近俞鸿仪老师教儿子学拉的《怀乡行》吧，当老师第一次拉的时候，我就被那种低沉柔美的声音感动了，眼睛里闪着泪花。我没有特意地去想远在他方的亲人，只是此时此刻，被一种特别的力量拉到了思乡的情境，这是曲子的魅力，是二胡的魅力。只有经历了人生的别离和聚散，经历了许多风雨和成败，曲子才能演绎得淋漓尽致，如此完美。美本来需要内涵的，不经历悲苦，美就缺乏了底蕴。

半路上，又有人招手，师傅一边放慢速度，一边将车窗移开，问去哪。听着是顺路，女孩便也上车。这么热的天，换是我，只要哪辆车愿意停，倒不介意里面已经有乘客了。我像是回答师傅的话，又像是表明自己的观点，说道："其实学什么都差不多，学一样，喜欢了，坚持下去，在学的过程中懂得了什么是认真，什么是坚持，这就够了。"师傅点点头，称赞我说得对。

他的确不太明白为什么很多孩子学这学那，许多家长被忙得团团转。即便是许多家长和老师自己，也说不上多清楚，一个望子女成龙凤，一个愿生源不断，到底是这般简单么？不是的！我是一位妈妈，我想让孩子试试音乐上的才能，从而风雨无阻走上了陪他学二胡的道路。孩子在学习中付出了汗水，知道了学习的辛苦，也体验到了二胡曲子的美，并渐渐喜欢上了这个课。上课的俞老师认真负责，手把手细心地教好每个孩子，在每颗幼小的心灵中播下艺术的种子，发现和挖掘孩子的潜能与在这方面有天赋的孩子。为了传承艺术的美，也为了成全孩子的美，如我一样的家长和如俞老师一样的老师都在努力坚持着。

儿子真的喜欢上了二胡，每天会拉上两三回，不用我督促，还会自己录音，和老师的作比较。不仅如此，他还下载了二胡的，小提琴的，古筝的许多曲子时不时听听，边听边哼，有时还忍不住说一句，太美了。一个12岁的孩子在二胡的学习生涯中坚持了四年，对于他，这仅仅是开始，将来的路很长也或许很难，但是，只要是为了心中的那份美，坚持就不是太难的事儿了。

对于儿子，对于我们，不都一样吗？

暖

那天在公交车上,看到两个片段,暖暖的。

夕阳正红,灿烂的光芒透过车窗照在父子俩的身上,孩子在父亲的怀抱里睡着了。父亲一手托着孩子的头,一手挡着阳光。手掌不大,正好遮住孩子小小的脸。车子一路向南,夕阳一路跟随,父亲的手一直挡着。天边的云霞被夕阳染得绚烂多姿,和熟睡的孩子一样,全然不知道父亲的爱。

车停,上来一对母子。母亲拉着孩子在拥挤的车厢里左右挪动,挤往后面,看到车后面的台阶上还空了一点地方,身材有些臃肿的她露出了笑脸。女孩六七岁,瘦瘦的,扎着两条长辫,在嘈杂的人群中显得有些木讷。母亲抽出两张餐巾纸,铺在那一小方空的台阶上,坐下,将女孩拉到怀中,坐于腿上,小小的空间一下子满满当当。女孩一言不发,许是一路的疲惫,少了该有的活泼。她靠在母亲怀里的那一刹那,我的心里也暖暖的,因为我的肩头也有儿子的温暖。

做父母的,绝不会要孩子记着自己的爱。

深夜,儿子咳嗽得厉害,我陪着他,忧虑满怀,睡意全无。披衣起床,倒水找药,吃过,慢慢等他睡着。时间在咳嗽声中变得漫长,当我醒来的时候,我有些惊慌失措,赶忙看看身边,幸好,孩子还熟睡着,我心安得吸了口气。我已不知是孩子先睡着的,还是我坚持不住先于孩子睡着的。次日清早,妈妈对我说,"昨晚不放心,在房门外听了几次,后来没动静了,才睡着了。"我"啊"地叫了出来,那岂不是妈妈半夜都没睡。"我怕小的咳嗽,还怕你睡不好影响休息。"父母就是这样,把整颗心给孩子,自己还暖暖的。

记得每年春晚都会因为一个个温暖的片段而流下泪花。有时是一首歌,有时就一段话,一个故事。羊年的春晚,那位用31个年头照顾并唤醒病床上的植物人母亲的孝顺儿子,用自己朴实无华的言行闪耀出中华儿女最珍贵的孝爱。而他,并非她的亲生儿子。想着他的伟大,看着他拉着妈妈的手的那般幸福,我泪流满面。

我也多么喜欢拉着妈妈的手啊!

小时候,只要和妈妈在一起,再苦的日子也不觉得苦。她拉着我的手,我就甩着两只辫子跟她上街,一起回家。妈妈的手温暖安全,我的小手在她掌心里暖得出汗也还是愿意拉着。不知几何,我仍拉着妈妈的手,旁人说,这母女还是和小时候一样,我才知道我长大了,可在妈妈身边,我愿做一辈子的孩子啊。妈妈的手变粗糙了,在我被推向手术室,心中无望的那一刻,我怎么都不愿松开妈妈的手,我怕,怕再没机会拉她温暖的手。当我每次与病魔斗争,异常痛苦时,妈妈总将我的手紧紧拉着,那手里藏着她所有的爱,传递给我无比的坚强。

我泪如雨下,儿子将他的小手伸过来,妈妈,他紧紧拉着我的手,眼圈红了。

伞

一

一个春寒料峭的午后,我冒着风雨,强打着伞,直奔向公交临时停靠站台。

站台上就我一个人,这么冷的天,谁没事会往外边跑呢?风好大,冰冷的雨水斜斜地往身上射,原本以为到了站台能舒口气,把伞合上,可直觉让自己不敢那么做。出门乘惯公交的我,晓得等车的辛苦,遇到天寒地冻,总会把自己"武装"得严严实实。

正庆幸时,一对青年男女也小步跑上了站台,我往后退了两步,那男孩迎着风雨撑着把不大的伞,女孩弓着背,钻在伞下,确切地说是钻在了男孩怀里。这么坏的天气,两人也不打车,也不带副手套啥的,真是够受的了。

我侧身往前面的路上瞧,隐隐约约的车不像是我要乘的,我就索性再往后退了下,因为瞧见旁边又有一双母女在过来。年轻的妈妈一手提着包裹,一手打着把大伞,披肩的长发,在风雨之下,已有些零乱。女孩约莫七八岁,红扑扑的小脸蛋,可爱极了。她躲在妈妈身后,小手伸进了妈妈的外衣里,笑嘻嘻地在说着我听不太懂的家乡话。因为他们的到来,我感觉热闹多了,打破了寒冷中的寂静,如添了温度。

母女俩的伞可真漂亮。一条条扇形的条纹从顶部延伸开来,每一条的颜色都不同,从淡黄、鹅黄、姜黄、深黄开始,慢慢到另一个颜色的系列,再转至别的。我在她们身后细细数了下,唯独缺了白色,竟有 28 种之多。因为她们的伞太大了。把我注意车子的视线全部挡住,于是有了这么清晰的数字。即使如此,我还是不敢懈怠,蹲下了身子来瞧前面的车辆,可,还是没有我的。那么,我就多看会这伞吧!

男孩最终拉着女孩乘上了出租车,我赶紧往里靠了靠,免得车子溅出的水花落到身上。母女俩要等的车也来了,妈妈让孩子先上车,自己下了伞才上车。

他们走了,又只有我一个人了。正当我回味着那把色彩绚丽的大伞好似冬天的一团火焰一样温暖亮丽时,我等久了的公交车也徐徐开到了身边,车上温暖如春。

我与他们就这样擦肩而过,可是,他们的身影,似乎让我回到了孩时。那双冰冷的小手在妈妈的背心里、脸蛋上不知捂过多少次,那钻在爱人伞下的女孩也一定曾是身冷心暖的我。这一幕幕,我似乎早已忘怀,可此时又如此清晰。

风雨依旧,我热血沸腾。

二

曾几何时,自己有过一把很喜欢的伞,淡蓝色,边上镶着刺绣的花边,谓之天堂伞,是妈妈从杭州带回来的。暑热时,炎炎烈日遮伞外,我依旧长裙飘飘;雨雪际,瑟瑟寒冷挡身外,我迎着风雨从容向前。

有一天，提了大包小包上车的我，竟然将它落在了车站。我真有些不舍，许是心爱的东西突然消失了，总有那么一点留恋吧。

到站时，雨依旧下着。我看见雨中打伞的人们在风雨中毫不畏惧地来往穿梭，不禁打了个寒战。如果那伞还在我手心，我不是一样无畏吗？小小的伞，不论漂亮与否，在这风雨之中，该是能给多少人带来温暖？为什么当我一直拥有它的时候，没觉得它的重要呢！那么，一把伞在风雨行路人的手中，该是最有用处吧！这么说，我的那把伞岂不是一样？

我已忘记它是一把心爱的、漂亮的伞了。它其实本来就和别人差不多，那此刻，它在哪儿呢？应该不会在原地吧？我可不想它还在车站。我希望，已经有需要它的人撑开它，或老人，或孩子；回家的也好，去远方的也罢，只要挡了些风雨，添了点温暖，谁又在乎呢？这么想着，我没半点嗔怪自己的意思了。

我还没踏出雨帘半步，爱人早将我的包换到他手臂之中。我撑起他的伞，一起回家。每次我出门，他总要嘱咐我在回家的车上打他电话，告诉他车子到达的时间。其实，下车到家的路一点不远，而他，只要在家，总是会出来等我。

我挽着他的胳膊，在他的伞下，笑靥如花。

他也是一把伞啊，一辈子呵护我的伞。

三

那把丢了的天堂伞差不多从我的记忆里消失了。

下班，路过一家小店，店门外赫然写着"小店即将停业，所有物品一律低价抛售"的字眼，在街市中，这样的商家术语已不稀奇。

我半信半疑地走进店里,看到零零落落的物品横七竖八地堆放着,有的已经空缺,有的沾着灰尘,倒确是一副要关店的样子。五六把色彩明丽的折叠伞映入我的眼帘,有淡蓝的、深绿的、玫瑰红等,外面还标着"天堂伞"的字样。我问好价钱,一股脑儿全买了下来。

我打开其中的一把,也是淡绿的,不过与我原先的那把相比,要逊色多了。然而,现在我对伞的要求已经不高,能遮风挡雨,结实远比漂亮来得重要。那天以后,逢上下雨,我的包里总会多放上一把伞。一把自己用,一把借给需要的人。

这点小心思还是缘于看到某些公共场所可以借伞才想到的。

借,当然是要还的。那么,借伞给需要的人,就是想与人方便。若是此人借了伞,却到了另一个很远的地方,怎么还这伞呢?若是非要还,不是来回折腾他么?如此,和原先的出发点岂不前后矛盾了。

我越想越觉得不妥,这些伞能不能不用还?在一些特定的公共场合,如车站、商厦门口、银行、小区门卫等设置个小小的点位,将伞自动放着,留给忘带伞又急需它的行路人,这些人用完,也不必放回原地,可以找就近点放回,或是下次出门带给需要的人用。

这般,与人方便的目的倒是能达到一些,不过,担心的你一定会这么问,要是伞都拿回家呢?我想,如果有一颗想与人方便的心,那么就是他自己的伞,他也不会在乎。如果一个人什么都想据为己有,那么最终他得不到多少,心小了,还容得下多少物呢?

我想给这些伞一个特别的名字——接力伞。画上一颗爱心,还有一串省略号。

但愿我的那把伞也在其中。

相见还是怀念

茫茫人海，我与你，擦肩而过也好，从未谋面也罢，若能相见，必是缘分。

若是成了彼此的唯一，那就要携手一生，演绎三生石上许下的承诺。若是成了知心朋友，也应是缘分不浅，逊于亲人却能懂你解你。不用常见，每每相见，灵犀相通。

有些人，寻常得再寻常不过，因为你一直见着。有些人，素昧平生，却也能让你挂念心底，因为他远在天涯。到底是寻常的，我们太不珍惜？亦是距离产生了美？

孩时的同伴都在哪儿呢？只记着那时的模样，回忆起在一起的乐趣，都如相片定格在自己的脑海中，不知是只有我记得？还是他也记得？想起我们二十年的同学，你想见？亦是不想见？

该是想见的吧？那还是儿时的她和他吗？一定寻不到了，只是满足了自己的痴心，只是想多一点怀念的影子。你已不再是你，你怎还有儿时的心？去找寻二十年后不再青春的岁月与心情？

见了就见了，莫要那么痴狂，我们都只是岁月的祭奠者，拿什么还给青春？财富与美貌也只能向岁月低头，有什么能永恒在世间？

见了就见了，不必那么伤感，我们都是幸福的生命，无理由叹息小小的悲欢。有家的我们都享有爱与被爱的权利。珍惜身边的亲人，好好活出自己的精彩，不用灌醉自己，无须清醒别人。

那就不见罢！祝福在心底，美好留给你，聚不聚，亦是你想不起，都无所谓。

有些记忆，让一个人怀念，真的无妨！

留些快乐给别人

那天,姐妹从楼上兴冲冲下来,一本正经地问我,慧芳的比赛你参加了吗?她得了一等奖,还有不少奖金呢!我一脸疑惑,什么比赛,我全然不知啊!她接着说,是镇巾帼妇女翰墨展,听说是她亲戚告诉她的。我心里咯噔一下,像被什么东西堵着了。为什么没人告诉我,没人通知我呢?

我首先想到了文化站。每年春节之前我都会被他们叫去为百姓义务写春联,手冻得瑟瑟发抖,双腿站得发麻。今年春天,文化站为布置办公室又让我写了两幅稍大的作品。我纳闷,苦差事轮得到我,怎么这种比赛不让我参加呢?说实话,要是我能参加,一等奖该是稳操胜券的。想到这,心里竟受了委屈一般。

然后,我又想到了慧芳。作为同事,怎么也不说下呢,楼上楼下这么近的距离。但是,我马上知道自己错了,怎么能怪别人呢,她有追求向上的权利,凭什么让我知晓。我打消了嗔怪她的念头,把委屈一股脑儿投向了文化站。

急切地想知道个究竟的我,已经全然忘记了自己,像个不懂事的孩子,任性起来。我将手机放进又拿出,终于忍不住,拨通了文化站立新的电话。还没让他开口,我就一股脑儿将自己的委屈宣泄了出来。电话那头,几次都是"阿萍,你听我说"。等我宣泄完,他长舒了口气,重重地说了句"你错怪我们了!"我吃了一惊,难道不是你们的事吗？听着电话那头语重心长的话语，我发现自己真的犯糊涂了。原来，这比赛不是文化站和书协组织的，他们无权过问和发通知给我，至于评奖更无从谈起。原本语调高出平时的我一下子无语了，我羞红了脸。为何自己这么在乎这样的比赛，仅仅是想争取所谓的公平和奖励吗？

我的确错了！不能因为自己在书法方面比较优秀，可在众人中出类拔萃，就可以如此责怪别人，如此心胸狭隘。这好像不是那个心静如水的我啊！我，一夜无眠，无法原谅自己。

事虽微小，但内心的波澜足以让自己重新审视自己。

第二天，我对办公室跟我练字的同事说，明年如果还有这样的比赛，你们一定要参加啊！她们笑笑，你不参加吗？对啊，我绝对不参加。你们练了这么久，都很认真，也要发挥下自己的水平啊！我想象着，如果那天红妹下楼告诉我时，我就这么一副怡然自得，放怀心胸的姿态，那才是最优秀的自己。

我想，一个人的成熟大概就是在种种历练之后，变得优雅和宁静吧。不能总想着自我，应该留点后路给别人，若能拥有了真正的坦然，留给别人的该会有多少快乐。

一个人拥有的涵养远比得到多少奖项来得重要。知此，我，继续修炼自己。

也是生命

我蹲在小白的身旁，泪水竟止不住地流。它已经几天没吃东西了，连我放的半碗水也没动过，还时不时地像卡着东西样的反胃着。我叫它，"白"，它动了下尾巴，眼睛也不看我，我揉揉它的毛，它一点不动，身上也没有以往那般暖和了。我边哭边问，怎么了啊，小白？看它难受又不知如何是好的我竟第一次感觉到它在自己心中的分量，一如朝夕相伴的好友。儿子看看它，又看看我，塞到嘴边的馒头又放回了桌上。是啊，如果以往，它听着车子的声音，很远就会相迎我们，儿子每次都会将馒头里的肉馅往院子一扔，它飞奔着接在嘴里，摇着尾巴等待更多的美味。可是，现在把肉喂到嘴边，它却闻也不闻。

难道它要年老寿终了？难道它吃了骨头，卡在喉咙了？还是吃了不干净的东西，中毒了？想想时间，有那么几天了，只觉得它就是一直想吐，吐的也只是水，若是中毒，不会这么多天啊。我含着眼泪对妈妈说，我想带它去看医生，妈妈有些不开心，说我傻，一条狗也值得你这样，再说，谁愿意载条普普通通的狗去市里看病？我被说闷了。

可是，仅仅因为它是条狗就可以随它而去吗？不，我做不到。那些它带给我们的快乐片段一幕幕浮现在眼前。

小白来家里整整九个年头了。每次出门，它总会将我们送到车站，等到车来，等到我们上车，它才肯离去。下班时，它又远远地将我们迎接，摇着尾巴围着我们的身子使劲儿地转，我双手伸出，它便站立起来，两只前爪大胆地扑到我的身上，眼里满是撒娇和想念。我嗔怪一声，"不闹了，我的衣服脏啦！"它乖乖地收回前爪，摇摇尾巴，转向儿子，等待有没有它的美味。夜晚写字时，它会安静地躺在我桌旁。有时我累了，伸出手摸摸它的头，它温柔地看看我，低下头静静地享受，希望我给它多些这样的温暖。有时，我会喊它名字，它会站立起来，两只前爪搭到我的书桌上，凑上来亲近我。还没等我将宣纸移开，那浅浅的爪印已经留在了上面。我笑了，这一刻，在它无言的世界里，我与它贴得这么近，它让我拥有了多少天真至纯的快乐。

院子里的人们都很喜欢小白，上下班时，都会喊它一声，争着把饭菜喂它吃。有个漆匠把它当朋友，吃泡面时，总要把火腿肠分一半给小白。小白也特信任它，有一年，把一窝狗崽生到了他的床上，把他惹得又气又开心了好多天。如今，看着这些天没有一点生气的小白，他也开心不起来了。

又熬了两天，我终于忍不住了，因为小白连我叫它时尾巴都没力气摇了。我再三央求妈妈，它再是小狗，也是生命啊，陪伴了我们这么多年，看好了我们的家呢！妈妈终于答应我带它去看病了。我没有车子，又再三恳求舅舅开车载我们去。爸爸抱着它，小白竟像孩子一样听话。

经过医生的详细检查，最后诊断为病毒性引起的咳嗽，打针吃药应该有希望。我笑了，仿佛又能望见小白活蹦乱跳的样子了。

这几天，小白一天天地好起来，半夜又听到它的汪汪声了，小白不知会不会想，它那些难受的日子里，楼上的我竟因为它而睡不踏实，甚至默默地流泪。妈妈从外面听到的话说，死了是消晦气，或是好事呢。但我是不相信的！"救人如救己"，它虽是动物，却也是生命，若是它能替人消灾，那为何人不能好好待它，救它？我庆幸自己，心中的善念救赎了小白一劫，更让自己深信，小白的眼睛里一定也看得到我们的微笑。

一件小事

2014年的母亲节,让我格外记得清楚,不是送了妈妈特别的礼物,而是自己做了件特殊的小事。

那天傍晚,我从文化馆出发,骑电瓶车返程在回家路上。还没骑几分钟,远远看到对面一个老婆婆骑着三轮车侧翻在地。车翻人倒,地上瞬间滚满了老人的瓶瓶罐罐。她的左手臂被重重地压在身体最下面,口中哎哟地叫着。我迟疑了片刻,刹车停下,上前问老人,一定摔疼了吧?老人见到我,难过地说,我的手臂是不是断了啊?我说不会的,我来扶你,她说不,我人重,你扶不动的。乘她说话的当儿,我轻轻摸摸她的左手臂,她没叫,我想,应该没大碍。我一边安慰她,一边试着扶她起来。我把两手放她腋下,使劲地向上拽,老人只微微挪了点地方,身体没起来,却从侧着变成坐的姿势了。我继续努力,老人也渐渐从恐惧中缓过神来了,当我再次使出全身力气时,她竟被我扶起坐在路边了。我真没想到自己原来还有这番力气。老人坐在路边20厘米高的水泥地上,一边喘气一边说,小妹,真谢谢你啊!要是没人扶我,我不知几时能起来呢……我开心极了,三下五下就把老人的瓶瓶罐罐捡拾干净,放进篮子,再扶起侧翻在地的三轮车,开始和老人搭话。没事的,阿姨,你儿女的电话有吗?我打他们过来接你回家。婆婆摆了摆刚才以为会折断的手臂,连连说,不用了啊,家里离这儿近,我再坐一会,自己能回家的。路边不知什么时候停下了一个也是骑着电瓶车的老人,看着我忙完一切,他才慢慢离去,空旷的马路上留下了他渐行渐远的笑声。

回到家,告诉爱人这一切时,他笑了,回了句,你啊,就是这样的心,扶她之前,一点没怕吗?我做了个鬼脸,向他肩上靠靠,轻声嘀咕了一句,还真怕了几秒钟,但还是刹了车。我望望窗外,连着几天的阴雨,此时晴空一片,转而认真地说,那时心里好像有股力量在召唤自己,不得不那么做。曾经看到、听到的种种不好都阻挡不了自己的内心。

其实,这是一件多么普通的事啊,扶起一个看在眼里的倒地老人,真的不需要多少勇气。只是,我能明白为何好多人不敢去扶的原因,倒地的那个老人若也是电视中曾经的他或她,我岂不是也自找了麻烦?然而,被内心驱使着的我,还有很多如我一般有一点善念的人,都一样地渴望,那地上需要帮助的他们,也藏一颗简单纯真的心呢!心与心是可以相通的,简单,纯真,没有杂念;感恩,感谢,没有私心。

老公讲了个刚发生不久的此类故事。有位年轻人因为车速过快摔倒在地,被一位大爷扶起,男青年一定说是大爷撞的,无奈,委屈的大爷掏了1000元赔给了年轻人。大爷回家和儿子哭诉,儿子才向警察求救,调出了当天的路面监控,事实真相大白。听罢,我的心又开始一阵阵的迷茫。想着那位受委屈的大爷此后一定不太敢做相同的事了,那位骗钱的年轻人有着怎样好逸恶劳、低微卑贱的人品?又会不会重复这样的故事。

真的希望,每一个人在遇到此类事时,不论你是倒地的,还是可以去扶一把的,都要问问自己的内心。在你求救时,怎会无情地布设下救你之人的陷阱?在你救人时,又怎会淡漠地回避求救之人的哀号?

这个母亲节,我没向自己的母亲送上一份礼物,却是尽自己所能,给了素不相识的那位老妈妈最好的礼物。母亲知道，一定会开心至极。将心比心，那位老妈妈的儿女们会不会有一天也做着和我一样力所能及的事？我们都有孩子，我们也都是母亲。天下不就是孩子和父母亲组成的吗？

第五辑
校园散板

臻美校园

应朋友之邀,有幸去参观两所江南小有名气的校园。

进门,是一片硕大的草坪,几棵高大的银杏矗立在一角,这是鸟儿的天堂,有的低头觅食,全然不顾我们的脚步;有的扑棱着翅膀,在枝丫间栖息,叽叽,喳喳,不知在欢迎我们,还是在赞美这风水宝地?循声望去,树杈间一个大大的鸟巢清晰可见,主人风趣地说:"这草坪铺好后便落了个鸟巢上去,工作人员不懂,次日就移走了,谁料鸟儿自己筑了呢!""哈,那叫筑巢引凤,有凤来仪,妙哉!"我们甩下一串爽朗的笑声,继续前行。

来至一处前所未见的书院。

从进门到出门,从走廊至教室,每面墙都古朴雅致,每扇窗都玲珑精巧,每幅作品都耐人寻味,每个细节都令人慨叹。

走进古色古香的书法教室,有些目不暇接。往上看,天花板上不是炫耀夺目的灯,而是一个巨大的雕龙砚台和几十方错落高低的大印章。细瞧,还都是模仿历代有名的印章特制而成,既美观又富有意义。往前看,齐整古朴的红色书案上摆放着青花墨碟,黑色的毛毡有些褶皱,我知道,这是孩子们练功的结果,若是白色,早已是墨迹斑斑。临窗,一把把宛如江南雨巷里走出的油纸伞倒挂在卷起的竹帘旁,窗外绿意浓浓,窗内墨香氤氲,里是书香清韵藏不住,外是江南处处有风景,真不知此处胜彼处,亦是里外绝佳一胜景呢!

帘子处还垂了几条青花布，贴有孩子们的画作和书法。正前方是一卷放大的兰亭序，潇洒大气。后面是笔墨纸砚的详细介绍，旁边还立着一截清明上河图。一个教室，能让我驻足这么久，不是花样多多，而是每一处都在和我说话，向我展示着艺术的魅力，我已无法抗拒，唯恐怠慢了一枝一叶。我一次次回顾四周，只为这短暂而深远的相遇。

或许，在江南才更具此番味道吧！

带着一路的感慨，不容许多逗留的我们又踏进了另一个校园。

你若不看外面的校牌，是压根不知自己进了何处，非是姑苏，怎会有如此细腻温婉的布局？远望粉墙黛瓦，近观假山荷塘，在长廊下漫步，于曲径处徘徊。耳边，依然有清脆的鸟鸣，伴着琅琅书声，才知自己身在何处。白色的墙面任由有心人让它说话，江南的美，姑苏的情在此熠熠生辉，绘一朵清荷，书几句古诗，画三两丝竹，道传统佳节，用笔墨和真心诠释出江南之美，可谓匠心独具。如果说庞大的建筑是谦谦君子的外表，那么这些洋溢着精巧秀美的装饰便是温婉的姑苏女子，它们相辅相成，都为彼此增色添彩。来者是幸福的，在深厚的文化底蕴下读书，在美丽的天堂世界里游戏，该如鱼儿欢腾，鸟儿雀跃吧！

带着留恋与深深的印象，我又回到了现实。

扪心自问，这艺术化与园林般的校园是我能拥有的吗？或许，这也是我未必想追求的。

校园是孩子的天堂，完美精细固然好，但也会束缚孩子自由的天性。新鲜的空气和自由的畅享同等重要，因为学生还是孩子。

我更希望的，是返璞归真。可以没有一流的设施，却有着一流的思想，以人为本，以人的健康发展为理念，不要一两年就要到达什么目标，而是遵循孩子身心发展特点，一如既往地教书育人，哪怕看上去默默无闻。是要孩子成人，不是要学校成名，是要孩子健健康康，不是要学校轰轰烈烈。时光终会检验出孰轻孰重。

我更希望的，是回归传统。读儒学经典，学孔孟之道；习字写文，吟诗歌赋；在国学经典中徜徉，在笔墨瀚海里畅游。或许，你会不屑，将来呢？高考呢？不是题海可以将孩子变得优秀，而是综合素质的提高，有德有才才是一生取之不尽用之不竭的资本。

我更希望的，是彼此和谐。人与事，师与生，上与下，师与师，大家可以为着共同的教育对象和目标相融祥和，常微笑，无压制，平心静气，其乐融融。要让孩子喜欢上学，要让老师乐于工作。这儿不仅是孩子身心发展健康成长的乐园，也是老师修身养性施展才华的沃土。

种种希望都是理想，理想免不了太美，然而，有心有愿总是好事。

优雅开去

我从没想过,自己的书法爱好不仅快乐了自己,还影响了他人。

这种快乐,是沉浸于笔墨的单纯,是洋溢于内心的充实,是一步一个脚印的踏实,是无关乎名利的自足。

如此,别人眼里的辛苦,自己是不屑的,因为喜欢,种种付出便不是付出,而是快乐的过程。如此,这种快乐恰恰一不小心成全了自己原本未曾期许的愿望。

它可以优雅自己。追寻笔画间的灵动和飘逸,或许便是内心飞扬着的神采。诗书相伴的日子,随手一翻,便是穿越了千年的文明。读三两字,吟一二首,文字与我,与笔下,渐渐演绎出字如其人的内涵。喜欢美,亦是因为这种经年累月的丰富与积淀,由内而外生成了美,优雅即来。

它可以澄净自己。一笔一画之中,时光悄然老去。抬头望望窗外,哦,一抹夕阳斜过树影。我嫣然一笑,仿佛又遇晨光中香樟籽儿落发梢,美好的岁月,我无法挽留你多一分,然而,每天的脚下,心头和眼里,我都甜甜地在向你问好,你听到了吗?纯真得似个孩子,安静时如是修禅。十年,二十年,练的是字,修的是心。

成绩和荣誉是随之而来的附属品。因为不刻意,所以来时有些意外。因为淡然之,所以只当曾经拥有。只愿此心能经受世俗与名利的诱惑,永远澄净,冰心一片。

这种优雅和澄净的力量，竟然可以影响一群人。

电视中那个身穿旗袍、手展长卷的我没有想到，身边的姐妹因为典雅大气的《常熟赋》和我优雅的形象，开始拿起毛笔学习书法。我好奇地问原因，她们理直气壮地答：这么多年，有你这样的书法家在我们身边，却一点不珍惜，从今以后，要向你学习，开始学字啦！她们一笔笔地向我讨教，一字字地请我修正，一个跟着一个地，铺开毛毡握起了毛笔。我走出自己，和她们一起学，一起练。从前面到后面，从楼上到楼下，一声声特别的"老师"回荡在一个普通的乡村小学校。有的说，学写了退休可以让生活过得丰富些；有的说，培养个爱好如你一样优雅起来；有的说，给学生们一个最好的示范，也给自己的孩子一个最好的榜样；还有的说，就算给闲暇一个充实的选择吧。我说，你们说的种种抑或是没预想的种种，它都能带给你。只需你静心，欢喜！我晓得，人都是向往美的！

于是，一个个平凡的日子因为一群人的习字变得不再平凡。这是人的魅力，还是字的魅力？或许，之前是因为我，之中便是书法给予人的力量了。看，有的学写小楷，两年下来，雅致的作品拿去参赛，捧回了大奖，真正尝到了学书的乐趣和甜头。有的学写《心经》，沉心静气，写得一遍比一遍漂亮，送与亲朋好友，不亦乐乎。有的写写玩玩，见缝插针，（空课时常有人在另一个人练写的纸上接着练写），常常让人猜了几遍才知道是某某写的。我们经常写点小作品，在班中奖励进步的学生，有小楷格言，有中楷诗句，既当练字又是鼓励学生。博客、微信留下了大伙儿学书的足迹，学校基本功竞赛中更展示出令人惊讶的风采。

于是，一群人又渐渐影响了一个学校。

我们是完小，属于中心校管辖，但人数只是他们的几分之一。这学期开始，新任的校长一方面重视提高教师的基本功，将钢笔字、粉笔字列为每周训练的内容。钢笔字可以照字帖和我的钢笔字复印件书写，粉笔字由我先写好，拍好照片传在学校群里，教师们照着练写。对于优秀的钢笔字和粉笔字作品，学校在期末评奖鼓励。另一方面抓紧训练书法兴趣小组，以提高学生的毛笔字水平。把原来在完小学书法的那些孩子归到中心小学的一些孩子中，一起由我负责教授练习。几十个孩子在亮堂堂的书法教室里习字练书，较好的学生将自己的书法作品贴于墙上，默默鼓励着新学的孩子。中心校的一些老师，还常跑到书法教室和孩子们一起练写，觉得时间太少，还主动问我习字方法，字帖选择以求空时练习之用。

  此刻，翰墨飘香在整个校园，老师之间彼此影响，学生之间互相促进，老师以一手好字时时以表率，学校因共同进步处处求发展。

  此刻，我已懂得自己的价值。不是一个人好才是好，要能让大家都从习字中取得进步，获得快乐，变得优雅，这才是真好。要让一个团队都能从提高自身素质，做好一件小事优秀到方方面面，这才是真好。就如曾经将自己创作的金粉作品《常熟赋》捐赠给家乡一样，因为有自己的存在，而让他人和社会越发精彩，是更优雅和幸福的事。

  窗外，冬雨洗过的树叶儿依然在风中摇曳，鸟鸣啾啾，静静的校园舒展得如我一样自在、安详，墨香氤氲在温暖的室内，几曲琴音柔柔地响起，伴着笔下，流淌出一页页生命的华章。

小古文之乐

这阵子,儿子竟然迷上了小古文,每天一篇,兴致盎然,做妈妈的我都不知他从哪儿获得的力量。问问他的语文老师,方才明白,原来高年级几个班都在语文老师的带领下,学写小古文呢!

小古文其实早不是新鲜玩意了,早在五六年前就有老师在教学生仿,教学生写。不过真的出现在自己孩子身上,还是忍不住被孩子的热情和认真感动。一篇篇稚嫩的带着孩子气的小古文,还真有点那么穿越的感觉。不信,一起来读一篇《捉迷藏》:

儿时,吾与友甚爱捉迷藏。一回,二人藏匿,吾找之,吾数至百八,遂寻。忽,一头微露,四处张望,吾俩对视,其速跑之,吾奋力急追,捉之,此庄俊杰乎。其当为吾所用,二人苦寻,未果,便生一计,大呼:"庄俊杰之肚痛,不玩焉!"遂,厨出一人。此乃"踏破铁鞋无觅处,得来皆不费功夫,汝上当也!"现,二者皆逮,不亦乐乎!

读过此文,我不禁哑然失笑。"你用这种方法取胜,是不是少讲理啊!"我问道。儿子嘿嘿诡笑:"反正也无恶意,同伴间狡诈一两回大家都不介意的,好玩嘛!想想他说得其实也有理,每个人的童年都玩过这样或那样的游戏,自己不是也有那么几个死党,在一起跳皮筋，一起捉迷藏，一起玩过家家么，谁占了便宜或吃了亏，谁胜了或败了，如今什么都不记得了，只有那份童年的快乐深深烙在彼此心上，忆起就温暖。

儿子写完就传给老师，第二天他又尝到了甜头，这短短的《捉迷藏》和前几天的《熊》都被发表在"跟我学小古文"的微信平台上。他觉得自己并没有花很多力气的小古文还能被老师和许多人认可，称赞，真是够好玩的。此后每一天，他按着老师的要求，或仿或创，都写得其乐无穷。

有时老师让他们改编书上课文，例如这篇：

智斗逢蒙

晨，后羿出，徒蒙佯病，及晚，蒙持剑入室，曰："师母休责，只将仙丸予吾，不取汝命，若不从，冷剑无情。"娥怒对："药无！"蒙冷笑曰："莫诓，吾早知。"娥曰："尔等小人，岂有此理，师回，必诛之。"蒙怒发冲冠，拔剑指娥，曰："吃吾一剑。"娥避之，曰："大胆小人，若杀吾，汝亦不得药，反招其祸。"蒙虑，觉有理，遂翻箱倒柜，四下搜寻。不刻，见藏宝匮，娥疾步夺药，吞服，飞驾月宫，成仙也。

我是看了他的语文书才知道有这么一段对话。儿子将逢蒙和嫦娥的对话、神情及动作写得活灵活现。嫦娥奔月的传说若只看这一段，也明了许多，而改编后的小古文，更让神话故事妙趣横生。他写到"蒙冷笑曰：'莫骗吾，吾早知。'"时，感觉"骗"字太白，问我，我一时想不出，翻书后才和他选定用"诓"。在翻阅古文书时，我们一起朗读，一起学习。读到"故"许多时候是因此之意，"焉"用于句末是语气助词，而在句首可以指反问——

回想起师范中学古文，我总是在书上圈圈点点，密密麻麻的写上注解。书上本来有许多，加之自己觉得不会的，耳朵使劲听，手里使劲记，真是像做研究一般。只是当时觉得记牢了，等到考试时却总嫌知道的少。如今，若是孩子真的养成了读写小古文的习惯，我想以后去学正儿八经的文言文也会相对简单，较为自然。

有时，又换题材，写写童年趣事：

收 芋

金风送爽，丰收佳日，吾缠奶奶田间收芋。望之，芋藤繁叶茂，吾自语：此乃丰年也。奶持镰弯腰，割藤斩叶，曰：未定！一人过，曰：吾取叶食之，可否？奶应。吾虑：只知芋可食，不知其叶亦可食。顷刻，藤叶已无，始收芋。奶将耙轻铲于土，芋出，吾甚喜，速跑，拾芋。吾待芋急出，然悉数可数，遂扫兴焉。奶告之故：此地背阴，又逢雨少。吾见其一耙下地，正中芋身，大笑曰：汝耙之精准乎！后见土中之物渐小，隐约色白，吾误为土豆，奶又告之：白薯。吾兴致未减，忽觉土中世界奇妙哉，遂翻土捉虫，不亦乐乎！

今日收芋虽少，然辛劳之乐，田野之趣，以为大悦焉！

儿子的童年当然比不得我们那时的逍遥。我们小时候可以制作风筝去旷野间放，自带炊具、食料去田间野炊，还和同伴一起跳牛筋，滚铁环，捉泥鳅，编草帽等。生活的富裕不是和童年的快乐成正比的，作业多，同伴少，田间芜的现象剥夺了越来越多孩子童年的快乐土壤。现在，习以为常的收山芋也让儿子觉得是件趣事，真是有种说不出的遗憾。他满怀着希望能看到一个个大大的山芋在奶奶的钉耙下面露出，可是雨水稀少，阳光背阴的结果让山芋产量大大减少，孩子无奈，在一方泥土中寻找乐趣，几条小虫，一点山芋，成全了孩子难得的小古文。

最令我觉得写得漂亮的是伊索寓言《狐和羊》的改编。

寓言的大意是这样的，狐狸落井底，上不来，见到上面经过的急着找水喝的羊，以水味美骗羊下井，狡猾的狐狸利用了羊的善良，成功出井。狐狸没有一个谢字，还讥讽羊做事不思后果。

狐 与 羊

一狐落井，不可出焉，坐以待毙。一羊渴极，至井旁，见狐，曰："井水之味何如？"狐见此良机，窃喜，力荐水之味美，劝其共享。羊一意于水，遂下，畅饮罢，悔矣，与狐共议出井之法。狐曰："苟汝愿，于吾先上，后接汝出。"羊应之，狐踩羊之后腿，跳于其背，上于其角，又扒井口，出，遂走。羊大怒，责狐背信弃义，狐回首笑曰："设汝头脑与汝胡髯齐美，必三思而后行，焉能下井！故欲成事，必先思其果，乃可为之。"

读罢，吾笑羊之拙。母叹曰："狐之不义焉能为世人所学？为人之道，应弃狐之卑鄙，而常行羊之笃诚！"

吾恍然开悟。

儿子打好草稿，与我商量，母子俩又在一起思忖用字，例如狐狸的暗暗开心可以用什么字好，最后寻到一个"窃"，可以恰当地表示狐狸当时的那种坏相。再如"如果愿意，我可以先上，再接应你出来。这个'如果'，该用什么词呢？"翻开《论语》，没几页，就见到了"苟……于……"母子俩大笑，真是妙哉，乐哉也。

笑归笑，当他打好字准备发给老师的时候，我觉得隐隐不太对劲。"孩子，难道这个寓言就告诉我们做事三思后而行的道理吗？如此，不是在表扬狐狸的狡诈机灵，批评羊的善意真诚吗？不，远不只这个道理。我们做人,应该不学狐狸的卑鄙,而应当多行羊的笃诚啊!"孩子点点头,把我的话也加了进去,至此,我觉得这篇寓言的改编成功了。不管小古文写得水平怎样,对于孩子,在学习中又得到了是非与德善的升华,该是比学习更重要的。

拉着他的手

2014年的9月25日,我用了4个小时,陪了一个学生。

这真是个意外。那天我的课很多,从早上上到下午一点多,已是4节课。我有些疲惫,拖着轻飘飘又发困的身子,才坐定几分钟,已经有学生慌慌张张跑到办公室来大叫:"老师,不好了,蔡润祥的眼睛撞在桌子角了!"我着实一惊,瞌睡虫也吓得无影无踪。"快让他过来。"我心底有种不祥的预兆,孩子来了,他耷拉着脑袋,一只手搭在眼睛上边,没有哭。我仔细观察,孩子出血的伤痕在眼睛上方约莫两厘米处,有一条小小的口子,血虽然不再流下来,感觉还是得找医生看看。我一边拉着他的手往学校附近的保健站走去,一边问:"怎么撞的啊?"孩子支支吾吾说,"下课了,我自己在教室玩,蹲下来跳起来,不小心就撞到了。""哎,这也是玩啊?下课后老师不是说先上厕所,然后做课前准备吗?"我拉着他的小手,看到他还穿着个凉鞋,不由得怜爱起来。

医生看了看,说去镇上医院看看吧,可能要缝两针。我打电话给同事,问有没有不在上课的老师,帮忙送我们去辛庄卫生院。王老师开着车子把我们带到了辛庄医院。我挂好急诊,又拉着孩子找医生看,医生用消毒棉再次将伤口擦清楚,说:肯定要缝两针的,但是我们医院的线较粗,眼皮上方若是缝的话,孩子长大了可能会有疤痕。我急了,那怎么办?医生说市医院有细线缝的。我和同事立即带着孩子准备去第一人民医院，那儿离学校最近。我打电话给孩子家长，一连几个都没人接听，顾不上等待的我们行进在通往市医院的路上。

孩子很乖，或许在老师身边，每个孩子都会这样。

我坐在他身边，轻轻问，"疼吗？"

"不疼。"

我疑惑："不会不疼的啊！"

"就是一点点疼。"孩子坚强得很是可爱，到一院后，我们在急诊室又等了近二十分钟才见到了医生。等待时，孩子在我们身边，东瞧西望，对偌大的医院充满了好奇和新鲜，没有一点担心和顾虑，倒让原本有些着急的我露出了一丝微笑。医生给他的伤口擦上酒精棉，打上麻醉，开始缝线。我紧紧地握住孩子的双手，给他安慰，心里满满的都是对他的怜爱。此时，父母不在，出于对老师的那份信赖让受伤的他没有一丝惊恐和不安，我成了他最亲密的人。孩子的鞋子脱在地上，小脚丫发出阵阵的臭味时不时飘进我的鼻翼，他是个外地孩子，家里还有两个姐姐，又是个很不容易的家庭。

缝好线，等待皮试和打青霉素，又是一个多小时。此间，我们陪着孩子坐在医院的走廊里，孩子笑嘻嘻地和我们说话，唱歌。如果不是看他眼睛上方贴的纱布，怎么都不会觉得他是受伤的孩子。或许，孩子的天真要比我们纯粹得多，能笑就笑，哪怕受了伤也没当回事。同事出去买了点水和面包，三个人一起吃。孩子开心地说："我的肚子本来就饿啦，吃这么多，估计晚饭也不用吃了。"我笑笑，"今天要不是王老师，我和你怎么来，又怎么回去呢？"他一边大口咬着面包，一边比划着说，"我长大有车了就可以带你啊！"哈哈，我笑开了，搂着孩子，感觉好温暖。

五点多，我们总算回到学校，孩子的父母在门口等着我们，在车上熟睡的他被叫了好久才醒来。我发现，孩子在受伤的几个小时里，没有一次提到要自己的父母来找他看他。或许，是孩子的独立，也或许是对我们的信任。他的父母向我们连连道谢，我们快乐地不仅是这，因为在医院孩子已经对我们说过，今天他好开心，以后也不敢随便瞎玩了！

我家的"文曲星"

2014年的12月15日的清早,我还刚到学校时,看到小古文微信平台上公布了一则激动人心的消息,儿子思远得到了"全国第一届小古文创编改编大赛的文曲星奖",还排在了第一个,这可真是始料未及!

昨儿,微信平台上已将他的这篇获奖小古文《狐和羊》全文发表,为了生动形象,细心的"跟我学小古文"公益平台还逐句配上了形象的插图。图中,狐和羊的形象有着儿童化的可爱,狐落入井中,滚动着大大的眼珠,见到善良的羊儿路过,竭尽所能赞叹井水的甘甜,愿与羊共享。口渴的羊儿笑眯眯地听信了谎言,下井之后,又连续上当,先让狐狸出了井。望着得意扬扬的狐狸,井底的羊儿悔之晚矣。

故事结束,或许很多读者都会为羊儿的善良惋惜悲叹,然而,只是揭示做事要三思而后行,那么立意并不深远。设若真有人落井求救,难道就为了自己不受牵连而袖手旁观吗,那不是会出现更多电视新闻中报道的悲凉一幕呢?没有善心善行,只求明哲保身,这世界会充满爱么?

儿子的小文没有结束,我想这也正是孩子能得奖的原因,因为孩子因为我的提醒,在看似结束的故事后面加上了自己从肤浅到感悟的过程,而这,即是让读者去深思而最后产生共鸣的。

吾读罢，笑羊之拙。母叹曰："狐之不义焉能为世人所学？为人之道，应弃狐之卑鄙，而常行羊之笃诚！"吾恍然开悟。

得了这样的奖，儿子欢喜雀跃，或许他在这则故事中受到了教育，过了一会便镇定地对我说："得这个奖有些难为情呢！"我朝他笑笑，"每次你写小古文你都那么认真，会思考，能创新，会用工具书，勤查资料，这些都是好习惯啊，今天得了这个奖，虽有妈妈一点提醒，但你确是将故事和真实的内心表达了出来，这就是好文章，是该得的，有什么比一个人明白事理来得更美呢？你也属羊，愿真诚善良伴随你一生！"

晚饭后，他把别的作业做好，静静写作文。过了许久，在我手脚发冷，想上楼休息时，他把写好的文章递给我，一定要我看看。

我与小古文

今天，当我听到陆老师在班上响亮地发布一个消息时，惊喜得有些不知所措。我竟然在全国第一届小学生小古文仿写、创编大奖赛中获得了文曲星奖，我按捺不住内心的喜悦，又竭力恢复平静，我的头脑中渐渐浮现出一幅幅难以忘怀的画面。

记得有一天，陆老师在黑板上写下了"青草地，放风筝，汝前行，吾后行。"时，那是我和小古文的初次见面。寥寥数字，展现出一幅生动活泼又和谐的画面。它像一位未曾谋面又一见如故的朋友，把我带进了一个崭新的世界，梦幻的窗口。

于是，每个清晨，陆老师都会给我们讲解，指导，解开小古文中一个个小小的谜团，带我们领略它优美而别样的风采；每个午后，在秋日暖阳的怀抱中，我们或坐草地，或倚假山，或背靠背，一起吟诵小古文，静静的校园上空回荡着我们美美的声响；每个夜晚，我时而仿写，时而创造，时而阅读，时而钻研，在我的书桌旁除了厚厚的字典，还有《论语》《伊索寓言》《世说新语》《菜根谭》等，有的是新买的，有的是妈妈那偷偷拿来的。

在我将《伊索寓言》中的《狐狸和羊》改成小古文时，绞尽脑汁，逐句改编，并作想象。当我写到狐狸暗中偷笑，不知用哪个词好时，就冥思苦想，终于觅得一个"窃"字，因为只有这个字，能表达出狐狸当时的那种狡黠。我将辛苦改编好的小古文读于在旁练字的妈妈听，内心沾沾自喜时，妈妈竟深深叹了口气，给我讲了她的看法。我低下头，若有所悟，在后面添上了一段话。我知道，如果没有妈妈的教育，我的《狐和羊》不会有这样的成功。

今天的成绩只是学习小古文的一点收获，学习中的辛苦和快乐远远比这点成绩要重要。只有再接再厉，将点点进步化作更多的动力，才能结出累累硕果。感谢老师带着我们走进小古文，感谢小古文让我与祖国神奇优美的语言文字更亲密的接触。

我喜悦着孩子的文字，透过它们，我看到了一只雏鹰正向着蓝天翱翔，文字和老师是他的双翼，我是那和畅的轻风。

言传与身教

那天,儿子语文测试得了 87 分,放学回来闷闷不乐。我将试卷展开,看看症结所在。原来孩子在字词句方面失了五六分,而且我发现孩子在作文里写到前面同样的词语,竟是会写的。这不是短时记忆发生的错觉造成的吗?再说作文写得不错,阅读也很好,我不能一味批评孩子。看着孩子已经难过,我温和地对他说:"知道不足的地方了,我们是不是该采取点方法慢慢补过?"

儿子点点头,想了会,"我想拿本笔记本,把易错字记上,以后每天可以记几个,或许会改掉我粗心的毛病。"他边说边写作业,将自责改为行动。

"孩子,为什么你平时看了许多书,可字词还会错得多呢?我们一起分析分析。"我又抛给他第二个问题。

"我喜欢书里的故事,只顾看下去,遇到不懂的也没注个标记,查查字典,我想我是读懂了故事,没有真正学文字。"

"说得真好,其实很多时候我们都是这样的,大人也会懒得查字典,所以以后我们都要读得慢些,第一遍可以泛泛地读,以欣赏为目的,有时间去读第二遍时,我们就要抱着学习的态度,圈出不识的字,翻翻字典,慢慢的,那些不认识的字在书里也会越来越少。"儿子如释重负,"我以后阅读细心些。"

当老公回到家时,看到从没见过的 87 分,有些失望,在我耳边嘀咕了一句,这个难改啊!

我向他使了下眼色,"怎么这么讲呢,给孩子信心也给自己希望啊!你小时候不是没注意改正才拼音差吗?"我的声音大了些。

儿子听到了,笑了笑,朝着爸爸扔了句:"有什么样的父母就有什么样的孩子。"

"儿子这会可是贬我们了。"我瞅瞅老公,"这样吧,以后爸爸妈妈看书遇到不认识的字词也记在本子上,每个月来个比赛,怎样?"

"好啊!比就比。"他作业做完,已在院子里玩,"妈妈,我在看蚂蚁过河,啊,有的快要淹死了。"他有些幸灾乐祸。

"你故意玩水,让蚂蚁过河?妈妈平时待人做事是如此的吗?"我有些气愤。"刚才谁说'有什么样的父母就有什么样的孩子'的啊?"

他没吭声了,我跑出去,看到地上一群蚂蚁在他设置的水圈里突围。见我拿起拖把,他夺过去,把水圈慢慢拖干,自己解决了对蚂蚁的恶作剧。"其实,我只是想和它们玩玩。"他低下头。

"世间万物都是生命,它们有它们的世界,我们人类要怀慈悲之心对待,不能因为自己的强大而破坏看似渺小的生命。"

望着儿子,心中渐暖,孩子的一点不对劲做妈妈的要及时提醒。父母对孩子的影响真的很重要,想想自己喜欢书法,孩子也从小练习写字,我不强求他每天都练,只要有空,见我和老公在写,他也会提起笔来。有时心血来潮,会自己写上一个多小时。记得春节前,我写了一百多副春联送百姓,他写了十几副春联送长辈送同学,我们都在别人的快乐中找到了自己的价值,作为妈妈,这是自豪的。家里客厅挂着好几幅自己和师友的书法作品,我鼓励他,这个暑假得写一幅自己的大作,妈妈为你裱好挂上,他笑笑,三天两头练着那首"为有源头活水来"的诗。

儿子突然跑过来,给我一个大大的拥抱,我双手抚摸着他的脸蛋,一字一句说:"奥斯特洛夫斯基有句名言,在我临死的时候,我不会因为碌碌无为而……我觉得妈妈没浪费一点时光呢!"他急了,"我也没有啊,有时累了,玩会应该可以吧。""当然,适当的放松也是生活的一部分啊,我们努力上进,有爱心,再充实、心安地过好每一天,我们的人生一定会精彩的!"

永不消逝的凤兰

黄凤兰的故事

凤兰,是我工作了十多年的乡村小学。它美丽的名字源自一个美丽的女子。

女子姓黄,名凤兰,生长在常熟市杨园一个不起眼的小村子里,水乡的勤劳质朴滋养着凤兰初长成一个亭亭玉立的美丽女孩,一个不经意的经历让她如童话般地嫁进了泰国的名门望族,她用自己的美丽和聪颖征服了鹅真荡(这方土地的别称)以外的世界,让世界知道了神奇中国的"灰姑娘"传奇。

黄凤兰身在异国,却时刻关心着祖国的发展、家乡的变化。她一直告诫她的子女,你们的母亲是中国人,在你们身体里流淌着的有一半是中国人的血液。

1984年黄凤兰回乡省亲,她来到母校杨园洞泾小学探望师生。岁月沧桑,离开母校已有40载的光阴了,她想起幼年在母校读书的情景,眼睛里不由得满含热泪。黄凤兰跟随夫君詹龙曾在世界各地旅游、观光,她深刻体会到:教育是根本,一个国家一个地区要富强、要发展离不开教育。知识能改变一个人的命运,教育可以改变一个民族的命运。多年来，她一直有个愿望，希望能重建母校，让家乡的孩子都能坐在宽敞明亮的教室里，和城里的孩子一样受到良好的教育。

于是，在20世纪的90年代，黄凤兰以她本人及姐姐庄章云兰的名义，捐资6万美元，在家乡的小村子旁新建母校，将"洞泾小学"更名为"凤兰小学"。其后，又相继捐资13多万人民币，支持学校发展，改善办学条件，特设"黄凤兰教学基金"鼓励学校师生奋发向上。

作为常熟市海外华侨捐助的示范学校，它的成功离不开黄凤兰的关心和支持。1996年5月，学校成立了"凤兰少儿戏曲艺术团"，经过多年的不懈努力，它已成为常熟戏曲界的一朵奇葩。

这个美丽的名字连同她的故事，就这样被镌刻在每个来凤兰的人心中。

我的"凤兰"情

我是10多年前的那个秋天踏进凤兰的。美丽的名字和它美丽的环境相得益彰。红瓦白墙，楼舍俨然，办公楼和教学楼前后排列，中有天桥相连。每个教室前铺满青青草地，齐整的冬青将水泥道与草坪分割。办公楼前的桂花开得浓郁芬芳，高大的香樟树从学校南门一直延伸到北边，树上结满了或青或黑的小果子，有的从我头上悄然落下。偌大的操场在楼舍西边，可爱的孩子们正在青草地上笑着跑着。

我一下子就喜欢上了这个离家很近的小学校。那时，我大病初愈，身子还很弱。领导关心我，问我重新踏上工作岗位有什么要求，我说，去凤兰吧，那儿离家近些。我没想到，一句话便让十多年的光阴在凤兰悄悄流逝。

忘不了来凤兰时第一年的那些孩子们，他们将一个身体欠佳的新老师小心翼翼地保护着，时时处处安分守己，不让我操半点心。午睡时，校园里鸦雀无声，别的班级都有老师在，唯独我躺在办公室里，孩子们懂，老师不好好休息就坚持不了一天的工作。

忘不了在兴趣小组里跟我学习书法的那些孩子。橱窗里那一幅幅稚嫩又很工整的作品让我每每看到每每惦念，一批批出去的孩子，一幅幅新换上的作品，给了我多少安慰和希冀。

记得那天，有个高三毕业的孩子来家里看我，那么大的孩子，我压根儿认不出谁，他说老师，你没教过我语文一节课，可你在兴趣小组教过我书法，我从小就崇拜你，第一个就想来看你。这次我考得不太理想，本一，和模考比低了20分，有一次在路上，可能我叫得轻，你没听见，我以为老师不睬学生了。我看着比我高出一个头的大男孩，满满的是感动，我拍拍他肩，孩子，大学里有你更广阔的天地去探索，用你的懂事和勤奋去追寻更多自己喜欢的东西吧！老师永远在背后为你加油！我把自己的散文集签好名让他带回了家。

或许许多孩子的名字我们都记不得了，可是，我知道，在许多孩子心中，是忘不了老师的，如自己儿时的那几位老师，个个都还在记忆中，只是有的深，有的浅，还有些永远怀念的片段。所以你不要去记着那么多名字，孩子们仍会挥不去记忆中的你，你伏案的身影，你谆谆地教诲，你激扬的阅读，你挺秀的板书，还有你和他们一起的欢声笑语。这些，不管凤兰在不在，永远都会留在孩子和老师们心中。

来凤兰时，生性柔弱的我还是一个性格内向的病愈者。是一次次与病魔地抗争让我坚强起来，是一天天与温暖的相约让我阳光起来，同事姐妹给予的信任和关爱将我包围，感恩和追寻点亮的生命之火将我重塑。工作时，我捧着一颗对孩子负责的心教书育人，空闲时，我就埋头练习书法。校园的宁静、安详让我静心欢喜，同事的和睦融洽让我舒心温暖，孩子们的纯真活泼让我童心未泯。

我喜欢笑了，喜欢敞开心扉将自己的故事说给身边人听了，一日日地辛苦付出，一天天的快乐收获，一步步的坚实足迹，我在凤兰的怀抱里和孩子们一起成长着。

永恒的凤兰

凤兰，将我从孤独的彼岸拉到了开满鲜花的此岸，又让我从一个崭新的端点向更远的端点前进。孩子们出去了一届又一届，老师们退休了一个又一个，凤兰越来越小了。

其实，凤兰多好啊！"文明、勤奋、活泼"是学校的办学宗旨，"凤兰少儿戏曲艺术团"是少儿文化园中的一朵奇葩。学校系江苏省绿化标准"达标单位"，获常熟市"示范完小"称号。评为市首批"绿色学校"。这是曾经的，现在，老师们更没有因为学校的即将合并而懈怠一分一秒。

我带着一批孩子在各类书法比赛中崭露头角；不是专职的体育老师们喊着响亮的口令和孩子们在操场上踏步做操。认真得可以忘记时间的朱妹更是马不停蹄穿梭于教室和办公室。而同事间如兄弟姐妹般的团结，更是大家认真工作、开心生活的源泉。

李老师既是我小学的语文老师，又是如今的同事。他喜欢文学，更喜欢带孩子去学习文学。前几年，就有班级许多孩子的文章见诸于各类报刊，如今，他更是带领凤兰所有的语文老师走在学习国学的前沿，不仅把朋友发给他的一线资料传阅给我们分享，更一步步地教授大家，从怎样讲解，分层训练，到发表反思。开始，几个老师是畏惧的，在他一次次的鼓励和示范下，渐渐的，每个年级的老师都给自己的学生设置了一个方向，给自己定下了一个目标。中高年级每天学写一则小古文，或写或仿，和学生建立班级QQ群，每篇小文上传，老师整理，再次修改后传到凤凰网。孩子们的小古文接连不断被发表在微信公共平台上，孩子们乐了，每天写得乐此不疲，老师们乐了，每个夜晚忙碌着阅读整理孩子们的文字，一个个纯真又富有创意的心灵跃然于文字之间。低年级孩子知识面窄，积累的文字也少，李老师就建议我们让孩子多读蒙学读物，听童话，写童谣，编童歌。从那时起，我开始教孩子《三字经》，每天学写六个字，每天读背当天和之前学习的句子。我想，等到一两年过后，孩子们可以像模像样的背诵一部优秀蒙学读物了。而那些会写小古文的大孩子，今后又会有多少让人惊叹的句子在他们的文章中出现呢！

小小的凤兰，每个老师都上了比别的学校老师多三分之一的课，小小的凤兰，也让每个孩子都学到了一点不一样的本领。作为老师，我们只有一个愿望，生在乡下，长在凤兰的孩子今后无论到哪儿，都要一如既往地努力，记着凤兰这个美丽的名字连同那群可敬可爱的老师。

凤兰，是多少孩子成长的摇篮，是多少老师耕耘的心田。我们不舍，在明年的秋天，她可能将不复存在。只是，我们更加懂得，她只是换了一种形式，我们，还有以后的孩子，仍会在一起，用我们一贯的努力、认真与关爱重复着我们的故事，人老，心不改。

凤兰已成为我们心中永恒的力量，永远的精神。

书香伴成长

喜欢什么，大多是无缘由的，然而，细细想，喜欢之前，一定与它有了联系，之前的那种欲望被满足或深化，喜欢就成了主宰自己行动的金钥匙了。

儿子喜欢阅读，虽不是读得如成人那么细，那么深，但对于同龄人的孩子，已经是超前了许多。这种喜欢不是天生的，若不是幼儿时给他的那点熏陶，孩子不会无缘由去爱上文字。

记得儿子远远四五岁时，每晚临睡前，我总会给他读读那些带插图的故事书和连环画。如《东方娃娃》《青蛙弗洛格的成长故事》等，他明亮的大眼睛先是盯着画面看，看熟了就顺着我的手指看下面的文字，久而久之，当我的手指停在原地不动时，他便会不高兴起来，把他的小手放在我停着的手指上，挪动，示意我继续指着读。我来劲了，孩子是有欲望的，他一定对文字有种神奇之感，为什么妈妈看着它们可以从嘴里蹦出那么美妙的故事呢！当我将动听的故事一遍遍地在他幼小的心里生根时，有一天，他竟然自己抢着书本，看着文字在读了。我惊讶的不是孩子能认字，在他心里，文字只是个神奇的符号，我感叹的是自己每个夜晚的陪伴，原是送给了孩子一个充满了无穷奥秘的王国。

后来，当他步入学校，慢慢接受正式学习时，阅读仍是他最喜欢的事情。我不会给他上网买书，因为那样缺少了对书本的触摸翻阅，缺失了实实在在享受文字的体验。节假日，和孩子去的最多的是书店，他先左右翻翻，然后选个角落，或蹲或坐，全然不管我了。我喜欢欣赏书法字帖，畅游一刻在古人的墨迹间，也将时光静静地打发着。和孩子一起，各自醉心在喜欢的书海里，不管能有几分滋养，快乐和安然即已拥有了。不知不觉，待双脚麻木，方知时辰不早。选书，付款，把一两本心仪的书捧回家，挤在书橱的一方方格子里。孩子还没长大多少，书已放满了两个书橱。原先同学生日，他总会上街买笔记本和钢笔送同学，如今，他偷偷告诉我，"妈妈，能把我看过别人没看过的书作为小礼物送同学吗？"我笑笑，"如果你愿意，如果同学在你的推荐和鼓励下也多去读读课外书，不是生日，也能送啊！"儿子开心地说："好啊！那就这么定了！"我清楚，孩子们在一起过生日，平时一起玩就是图个快乐，书，若能在孩子们中间慢慢传开，每每翻，每每读，在快乐的同时，学到知识，同时也会想起彼此，真是一举多得啊。

一二年级时，远远喜欢阅读中外经典童话、神话，到三四年级开始阅读青少年版的中外名著，最喜欢翻《资治通鉴》和《中国上下五千年》，对历史比较感兴趣。今年他提出的生日礼物竟是《福尔摩斯探案全集》。对于孩子，我很少会物质奖励，但书作为礼物，我从没拒绝过。除了假日，生日、书法比赛得奖、二胡成功演出后，他都可以买喜欢的书。和孩子在书海里游走，外面的世界小了，心里的世界大了。或许读万卷书比不得行万里路，可在"吾生也有涯，而知也无涯"的生命中，行多少路并不是目的，如果能在书中，在读书路上拾得一些真善美的芬芳，即便少走了，又何妨呢？

我不担心他如此的阅读会影响成绩，毕竟学习不是一年两年的事情，阅读的好处不会显而易见，却能让人在岁月的叠加中越发精彩呈现，书中的道理与奥妙自会给孩子以鼓舞和熏陶。

每个夜晚，当邻居家的电视放得当当响的时候，我在写字，孩子在拉二胡；我弹琴，他就看看书。有时累了，我躺在床上，他会让我猜猜三国或历史上的一些并不太出名的人物，我对历史并不感兴趣，回答得不对，常把他笑得前俯后仰，最后，总是他告诉我相关的故事。

《守望教育》留心迹

在人间的四月天里,掩卷这《守望教育》,虽没有心潮澎湃,却是幽香怡人。

这里有一个个感动的故事,一颗颗纯美的心灵,有一盏盏点亮教海的明灯,一杯杯盛着清风明月的甘醇。

"当年,我为了生活而走上了讲台;今天,让我离开讲台,我一刻也无法生活。"这是全国著名特级教师贾志敏老师说过的话。读着,想着,不禁肃然起敬,是什么样的力量铸就了这样的教者?只有将整颗心交给孩子,交给教育,才会有这份沉甸甸的爱,火热热的情吧!不禁叩问自己,我在爱教育吗?在用心做教育吗?答案或许只能让自己愧疚。那么,请允许自己向着这些追求教育本真的大师们致敬并学习吧!

有人说:教育的生命在实践,教师的生命在课堂。

有人说:课堂无小事,事事育人,教师无小节,处处美德。一个语文教师,如果不把学生放在自己的心里,那么就难以做到用心教学。真正的语文课堂,应该让每一个学生如沐春风,真正好的语文课,应该如下春雨,润物无声。

我也是个语文教师,在低年级以识字写字为主的课堂里,我努力用自己的人格魅力及教学技艺去影响学生,然而,我做得够好吗?不,有时,课前的准备没有那么充分,有时,教学的语言少了些儿童化,有时，为了急于完成目标少了互动的过程，有时，没多想想孩子们的心思。如果，再多花点琢磨文本的时间，多去用心揣摩孩子的心灵，或许，我的课堂会比现在更精彩。如此，我该将这些良言细细咀嚼，慢慢升华，化作行动的指南，付诸于属于我和孩子们的那一片天堂。课品即人品。我多么希望追求着真善美的自己也能在这片天堂里熠熠生辉，绽放精彩呢！

有人说：我们若盛开心中的爱，学生自会馈赠清心的风。

不是么？当我用心教孩子一笔一画写字的时候，他们渴求进步的眼神和着那一声声"老师，给我看看，给我看看"的话语分外动听。当我将自己孩时用功读书勤俭生活的故事分享于他们时，彼此的心也贴近了许多。当孩子们在一年年的成长中，用饱含深情的笔墨写下对我的崇敬和感谢时，我双眼湿润却欣慰地笑了。

纯真的心灵给予我的，难道不是清心的风吗？想起儿时的老师，留给自己最多的是什么呢？是发烧了在我额头敷上热毛巾的她？是话语不多却真诚善良的他？还是意气风发激扬文字的他？其实，这些都已是此生无法抹去的记忆。因为这里有爱，有真，有穿越时空不会泯灭的美。那么，我能带给我的孩子们多少这样的回忆呢？

常常觉得自己是个幸福的老师。有时可爱得和孩子一般大，许是领悟了生命存在的意义，许是太多的感动常荡涤内心，或许是常常在孩子们的中间。我懂得，老师应该俯下身子亲近学生；我也知道，老师更该立于学生身旁，拉着他们的手，引领成长。

常常觉得自己是个幸福的母亲。因为亲近了别人的孩子，便更了解自己的孩子；因为体验着母亲的角色，才更会设身处地，将心比心，去关爱一大群孩子。孩子教给我的，是教育要有心而无痕；是父母要做言行的表率；是共同成长,去探讨正确的世界观和人生观。

在这本书里，许多地方都提到了阅读，要求学生读书，教师必须读书，不但读教育专著，更要读经典。苏霍姆林斯基说：让学生变聪明的办法不是补课，不是增加作业，而是阅读，阅读，再阅读。作为教师的我，深知阅读对于学生语文素养的提高是终身受益的，在学校，也尽可能让孩子去阅读那些书本之外的经典读物。然而，走出校门，回到家里，有多少父母能带头阅读、以身作则呢？此中，教师守望的，该是，孩子的成长离不开家庭，家长的陪伴和言行举止直接影响着孩子在学校所受的教育。

守望教育，这不仅是教师给自己的心安一方净土，给孩子的心建一个花园，也是给每一位家长倡一份协议，做个正直善良、爱读书求上进的爸爸和妈妈吧！

教育是养心的，心和心的交流，情与情的传递，必是真诚而高尚的。教育又是朴素的。"语文学习就像地下的根慢慢成长，就像山里的花，静静开放。"我们的孩子不也是如此吗？我们只能遵循孩子身心发展规律，循序渐进地促其成长，和积累语文一样，点点滴滴，小溪也能汇成海洋，人生亦可馥郁芬芳。

做水一样的老师吧！胸怀博大、思想深沉，有充实的精神世界；做水一样的教师，灵活进取、因势而变，与时俱进，具有扎实、系统、精深、广博的专业知识和技能，做水一样的老师，宽容、坚忍、淡定、自信、豁达、乐观。

用心倾听花开的声音，然后，在我们心灵花园的幽谷中，便可以听见叮咚的泉水在轻轻翻转着水花，汩汩的溪流正于林间低吟浅唱……

第六辑
如是我闻

只为花开

她叫陆茜,二十出头的漂亮女孩,长着一张白净的娃娃脸,笑起来恬静可爱。

第一次遇见她,是2012年的暑假,她来找我学硬笔书法。这么大的孩子来练书法,通常有两种情况,要么是自己想学,要么就是和自己的专业关联。我一问,果然,她幼师即将毕业,半年后就要进编考试,硬笔书法是其中一项必备的基本功,于是,来向我请教,补上这一课。她很聪明,几天下来进步神速,又很文静,隐隐感觉她的身上和我有种相似的东西。

时间久了,练字之外,我就和她聊起家常。又从陆姐(陆茜的亲戚,我的小姐妹)口中,知晓了她的许多故事,原来,这个腼腆的女孩身上藏着一股强大的不为人知的力量。渐渐地,每次她来,我会小心翼翼教她,每回她骑上自行车和我再见时,我总会目送她远去的背影。

二十来天后,她的钢笔字已经有模有样,我喜欢上了这个文静俊美的女孩。一半是她的认真,一半是她的故事。

出生时,她和别的孩子一样,活泼可爱,会哭会闹,长到十个月时,身子状况越来越差,瘦得只剩皮包骨头,肚子却隆得很高,整天哭闹,父母忧心忡忡,带她四处求医。一个本该在妈妈怀里撒娇的幼儿整天在痛苦中煎熬,从县医院到市医院,辗转到苏州儿童医院,终被诊断出孩子是先天性胆总管发育不良，而这个病在当时的儿童医院还是首列，医院方面不知道如何下手，家人更是焦急如焚。孩子的生命体制越来越弱，大便已成白色状，医院连下了几次病危通知书，请家长签字。父母泪如雨下，颤抖的双手沉重得怎么也提不起来，这哪是签字，分明是和亲生骨肉在生离死别啊。

看着撕心裂肺不肯放弃的父母，医生安慰道："这个病实属罕见，若马上手术，风险大得无法预料，孩子在手术台上随时都有失去生命的可能。若放弃治疗，虽于心不忍，但对于家人可以重新生活，不至于今后为此付出更加难以预计的痛苦。"面对奄奄一息的孩子，妈妈双膝下跪，万般哀求："哪怕只有一丝希望，我也不会放弃，求求你们，马上动手术吧！"

医生被这位母亲的呐喊震惊了，手术马上进行！医生们打开孩子的胸腔，细细观察，然后慎重的思量与决断，在一个跳动的生命面前，竭尽全力地抢救着、捍卫着一家人的希望。原来，孩子的胆管先天发育不良，随着身体各个器官的发育成长，胆管还是那么细小，胆汁超负荷地流向胆管，孩子就会异常难受，出现之前不堪忍受的那一幕。手术是成功的，命捡了回来，但随着孩子年龄的增长，痛苦和危险仍然伴随着她。

"我常常一会儿好好的，一会儿就痛得满地打滚，有一回考试，是妈妈抱着我考完的。家里所有的积蓄花光，妈妈要照顾我，只能把原来的工作辞了，爸爸肩上的担子更加沉重。家人常常为我东奔西跑，筹钱看病，稍稍稳定了几个月，又会发病。我身体痛苦，家人比我更加痛苦，可有什么办法呢，多少次，我在妈妈的怀里哭喊着，这么痛苦地活着，为什么当初要挽救我？妈妈紧紧抱着我，孩子，不，再痛再难，还有妈妈陪你，我们一起面对啊！就这样，父母抱着我，背着我，给我力量，教会我坚强，绝不放弃！"说完，她收起恬静的笑颜，眼睛深深地望着远方。

"后来呢？"我的眼睛酸涩起来。

"8岁那年，我又进行第二次手术，胆总管承受不了日益发育的其他器官，医生就给我放了可以输送胆汁功能的东西进去，就这样又过了几年，熬到16岁，在上海的医院动了第三次手术。或许是那个年纪发育得已经差不多，要彻底解决我胆管不良的问题，医生只好把我肠子的一段挪到胆管的位置，用我自己身体的一部分解救自己。可是，用肠子代替胆管的手术顺利了，另一个问题出现了，我的腹腔发生粘连，整个胃处于瘫痪状态。50多天，我都是被插管进行输液、进食。在最痛苦的时候，我仍是会想：如果那时妈妈放弃了我，就不用受这么多苦难了。可是，如此，我就对得起她了吗？我咬紧牙关，再苦再难也比不上父母为我的付出多。从此，我不再有那样的想法，只要能活着，有家人在身边，我就要勇敢面对所有的风风雨雨。16年的磨难，是我人生最好的学校，我懂得了父母的不易，懂得了生命的可贵，我要坚强地活着，让曾经受苦的爸爸妈妈多一点宽慰和笑容。"

她又绽开了笑脸，我拍拍她肩膀的手久久没有拿下来，沉默，只有泪水在我眼眶中打转。比我高出一截的她立在我身旁，散发着青春的纯美，不是这些故事，压根也看不出恬美文静的身体背后藏着这么多感动和力量。她和自己，突然如此相似，父母给了我们生命，又给了我们许多活下去的理由，能有什么可以不让自己快乐活着？

一年多后，她顺利地考进了编制，成了一名幼儿老师。那一年里，我又从陆姐那儿听到她的故事，孩子从小多劫难，大了还是不省心，有回乘爷爷电瓶车，从车上摔下，爷爷没伤着，她被骨折，医院为她手术，别人几个月就恢复的事碰到她身上，却被误诊，弄得肌肉坏死，延误了许多时候，最终在手臂上留下了深深的疤痕。我听得不是滋味，"不过，吃了那么多的苦，她已经不畏惧了，反正如今真是风雨之后见彩虹了。"

又见她时，是庆祝教师节 30 周年时。镇里邀请全镇教师一起参加会议，我在人群中一眼就看到了个子高高的她，白皙的脸庞依然泛着纯纯净净的笑容。我在心底祝福："顽强的女孩，曾经的风雨都是你的财富，愿生命之花永远怒放最美的笑颜。"

这是给她的，也是送给自己的。

古筝老师

我没想到,自己想了好些年的心愿居然在一个瞬间实现了,而且是不经意间。

那次在学校改卷子,收到一条特别的短信。"您好,我是静怡的古筝老师,听她说,您也想学古筝,如果有空的话,您可以来学。"我猜想,这定是静怡把我的手机号码告诉了她的这位古筝老师,我赶忙给静怡的妈妈打电话,因为我对这突如其来的好事有些激动。一问,果然是。让我兴奋地是,我可以去学古筝了,而且夏老师说会尽力教我。缘由是夏老师也在学书法,他想相互学习,相互进步。

曾经心底的愿望突然成真,我开心地像只春天的燕子。我和夏老师说好,等暑假空了,我就去他那学古筝。有朋友问,为啥不学古琴而学古筝呢,这可是大不一样啊!我明白朋友的意思,常熟是有名的古琴之乡,它的声音古朴悠扬,明净浑厚,虽低沉柔美却余音缭绕。作为成年人,该是选古人所称的"瑶琴"的。而我,就如常写了楷书害怕接触龙飞凤舞的行草或狂草一样,怕自己连欣赏都有限,更是无法企及。我常常喜欢听一些古筝曲,那种清脆委婉悦耳的声音犹如天籁,很是醉人;况且古筝比古琴容易,从易入手也是正道,若是真有一天,有那样物我两忘、清静无心的心境,再去学古琴,也该为时不晚啊。我一直由着自己的性子和喜好去做一些事,更何况这是自己可以选择的呢!

八月中旬，我踏进了夏老师的琴行。琴行不是很大，但是学琴的孩子一直能碰到。老师从古筝的构造、起源、派别等知识讲解开始，让我真正地了解古筝；从每个指法的示范讲解与手把手地指点，让我真正地接触古筝；从一小节、一段落到一首曲子，循序渐进地，让我真正地学习古筝。很多时候，夏老师都会用学习书法的感受解释一些初学古筝遇到的难点。他说，"学什么都是一个字，要'悟'。悟对了，练时就有正确的方向，若是悟错了，就会误了以后的学习，此'悟'非彼'误'。"

刚学时，我的手总是绷得紧紧的，动作夸张，好像怕力气不够使一样。老师总是在一堂课结束时弹一首曲子给我听，不仅是要我听曲子，还要我看他的动作。我能体会他手指关节的力度，绵中藏刚，柔中有力。就如书法中的笔画，谁说细就一定没有力度藏里面呢！曲子抑扬顿挫，恰似行云流水。都说古筝是悦人的，古琴是悦心的，而一首优美的古筝曲，不仅能悦了自己的心也还悦了别人的心与耳。

我好奇地问老师，"你这么年轻，古筝弹这么好，一定练了好多年吧？"他笑笑，"我大学一年就考了十级！"我惊呼，怎么这么厉害？他说了个故事："那会，我数学和唱歌都很好，两个老师希望我能发展数学或声乐，我自己报了古筝，那个班的好多同学都笑我，因为我从没学过古筝，而他们已经六七级了，我看着他们不屑的眼神，花了一年，考了十级，让他们再不用那样的眼神小看一个人。"我问："那你每天练多久啊？""五六个小时吧！"我真的有点震惊，这真是个青春岁月里，追逐梦想和寻找尊严的刻苦青年！

夏老师很好学。他去上海参加音乐方面的活动，回来带了个葫芦丝，我那天去学琴时，他已经在屋里学着吹了。每周，他除了在琴行里给很多孩子上小课之外，还要去文化馆上成人班的古筝课，去老年大学教声乐和唱歌。不仅如此，一有空，他自己跑到认识的老师那学篆隶，学素描，还客气地希望我教些楷书给他。

说实在话，每次学琴，他都认真地教我，让我多学点，学细点，才小半年的工夫，自己能弹《渔舟唱晚》了，虽然还不美，但对初学的我已是开心至极。而我却没有好好地教他写楷书，比起他的用心，自己真的有些愧疚呢！每当我愧疚之时，他总说："我们是互相学习的师友，在你身上，我也学到了很多，书法和古筝都是要悟的，再一个，就是练习。我们一起进步，一起加油！"

我想，我们虽不年轻，但我们都有一个共同的特点，都是想让自己越来越富有，这个富有，不是金钱，不是名利，是一步步结实的脚印，是一个个充实的日子，是一份甘心付出的努力，是一种享受过程的美丽；是丰富自己，是羽化成蝶。

有那么一天，我会如自己写的那样，"着一身旗袍，奏两曲琴音……"，有梦想，我们的付出就一定会有希望。

特约编辑

我的第一本散文集《心有菩提》在中国书籍出版社出版了！

为这本书劳神费心的陈武先生是该书的特约编辑。看到这四个字我琢磨了小半天，我不知道"特约编辑"是个什么身份，反正我知道这本书从策划到出版，整个过程都是他张罗的，真是费了他不少的心血。那天，他要到无锡参加"中国网络南北作家论坛"的活动。经过常熟时，把我盼望已久的新书带了几本过来。我将散发着墨香的新书捧在手心，有种说不出的激动。

陈武先生是一位知名作家兼出版人，创作了几百万字的小说散文，出版过二十几部作品集，策划编辑的图书更是不计其数，仅苏州常熟，就有好几位作家的作品集在他的运作下出版问世，据说发行都还不错，社会反响也很好，看来"生花妙笔"不仅是针对作者的，对策划者也实用，难道不是吗？经他之手出版的图书，无论开本、版式，还是封面、纸张，都很讲究，用句流行话就是，高端大方上档次。这次他途经常熟，带样书来，也因是朋友之间的友情。既然是朋友，他连饭店也不愿去，说在家吃个便饭就行。两盘野味，三个炒菜，一条糖醋鱼，外加鸡汤和花生米，真是用最普通的家常菜招待了贵客。不过，朋友之间的确不是用物质来衡量的，只要谈得来，以诚相待，或许有点小酒，一点小菜都是无妨的。他为人谦虚，说话随和，有才能却不摆一点架子。老公给他斟酒，对饮几杯后，两人话也多了起来，从出书过程的烦琐谈到在京遇到的许多名家大师，谈到他在北京的住处，还谈了他近期的作品。我夹了块野味让他尝尝，他边吃边点头。看着儿子在吃鱼，他说，我也来尝尝，"呵，你妈妈的手艺还真不错！"我笑笑，"这可是最普通的了，一点没什么秘诀。"他答道，"简单的能做好才厉害呢。"看来这位有名的"特约编辑"还是蛮好招待的。

桌上，他们两个继续喝酒谈笑，家里也真的少有这样的热闹。我托着腮帮，像个孩子似的听着。陈武夸了鱼好吃后，又问我们去海边吃过海鲜没？我和老公摇摇头，他说连云港的海鲜可真多呢，海岛上有大排档，在船上现拿的活海鲜，清水煮煮都好吃。在海水和淡水结合部，有一种小鱼叫"跳跳虎"，又叫"滩虎"，平时在水里，早上或晚上游爬到海岔岸边的滩涂上晒太阳，一有风吹草动，就跳进水里，啪啪啪的，一个跳下去，一群跟着跳，特别不易逮着它。还有一种鱼也特别好玩，叫"望哨子"。它在滩涂上钻一个洞，躲在里面。它真是假聪明，为防止人逮捕，两头都留了洞口。它身上有微毒，长长的须上还有刺，被它扎着，会麻麻的很难受，还会起小红疙瘩。不过，它聪明反被聪明误，只要你在一个洞口用筐接着，在另一个洞口一挤，它便从另一头飞进筐里了。如此轻而易举，它就被束手就擒了。他又讲了虾婆、海蛎等海边小吃，都是神采奕奕趣味盎然，俨然回到了童年。

我只管往他饭碗里夹菜，他说得多就吃得少了。我朝他笑笑，指指碗里渐渐叠起来的菜。他明白了，哈哈笑了起来。我仿佛看到了海边那个调皮的身影，为了快乐和美味留下如此了精彩和清晰的画面。这样的故事肯定不止一次地出现在他的文章里，因为深刻，才会如此美妙地付诸语言，分享给朋友。

他的故事在他的书里是能了解一些的。他换过很多行当，做过生意，当过小职员，做过记者，所有的辛苦都不曾让他把心中最美的事情割舍，那就是和文字厮守相伴。儿子问他几岁开始写东西的，他说9岁，还是个孩子的时候，就帮"坏分子"写思想汇报了。我想，有些天赋就是与生俱来的，你对什么有感觉，你就试着去尝试做。或许不一定成功，但如果你真心喜欢，那岁月叠加后的辛苦换来的肯定是与它越来越深的情感，成为生命中痴爱和坚守的东西。他的写作，不和我的写字一样吗？

其实，在几个月前，他和常熟市作协里的几位好友已经来过我家，也这样围在一起吃了顿便饭。席间的他们谈笑风生，一旦说起文学界的某人某事，必是头头是道，而我，读书不多，对外界更是知之甚少，索性当起了听众。那次，我看到了朋友间的真情厚意。有个叫皇甫卫明的作家，知道陈武喜欢吃穿条鱼，特地跑了好远的路买了腌好让其带回家。又晓得他喜欢小药芹，怕不地道，硬是带着陈武去乡下菜地里寻找踪迹。如此，我能感知，朋友间能有这番情意，必是互相的，所以，我能断定，陈武对朋友也是这样的。饭后，我给他们泡好了茶，让他们抽点烟，竟一个个拒绝。我说，你们来了家里热闹，为啥这么讲究。作协主席俞小红认真地说："可不能让烟味熏得盖过墨香啊！"我难为情地笑了。俞先生每每见到我，总会鼓励我写小文章。我呢，不管发短信还是邮件，都很客气地和他说话，他倒好，回了句，小葛，朋友间不用客气，自然些好了。因此，了解了他们这样随性亲和的脾气，我就大大方方地铺开红色对联纸，在朋友面前挥毫了一把——没什么好礼物送他们，每人一副春联就权当自己心意了。我知道陈武喜欢这，别人也不会介意。

至此，这位编辑的"特约"之处我还是不太明了，他的可爱之处可见一斑。

儿子的二胡老师

一

儿子今年12岁,从8岁开始学习二胡。那年文化馆报学二胡起步班的只有两个孩子,我一听,就果断地给儿子报了名。我知道,自己也犯了当今社会上家长们的一大通病——孩子不知有没有兴趣就希望他往你设想的方向去学习,更何况我自己还是个老师。但是,对于从未接触或了解过任何一种乐器的孩子,我想得更多的是,不去尝试,又何谈产生兴趣?

起初,他是不情愿的,口口声声说"我想学钢琴"。我深知钢琴的代价和为此要付出的努力,便对他说:"学钢琴可以,但是你必须学完这个学期的二胡,钢琴和二胡虽然不一样,但是如果你能认真对待,它们在某种程度上又是一样的。"8岁的他懵懵懂懂。

于是,我陪着他开始学二胡。教二胡的老师姓俞,六十多岁,中等偏高的个子,上课时精神抖擞,才几个孩子也忙得他额头上一阵阵地沁汗。第一堂课,他就向家长们声明:第一,不管孩子是否愿意学,家长必定要陪着,且是最好同一个家长陪。第二,不许迟到早退,有事不来要提前请假,也要实在有事才请假。他最后又说了一句：学二胡不比学别的，我要认真教，孩子们也要当真学的，可不能学着玩玩的。第一次面对面的接触，让我对这个头发花白的老头儿肃然起敬，他有着比年轻老师还旺盛的精力，缘于他的认真负责。

没想到，儿子第一次就学得那么认真。老师从二胡的每个部位、作用介绍开始，到手把手教孩子们左手拿着二胡，右手开始学拉外弦。孩子们的认真让我出乎意外，俞老师的耐心也更让做老师的我深深折服。第一次回家练习，儿子竟没再提一个不想学二胡的字眼了。等三堂课学完，儿子开开心心地拉着《一闪一闪亮晶晶》时，那叽叽嘎嘎的声音里满是对二胡的喜欢了。

真正让儿子喜欢上二胡的，不是二胡本身，而是俞老师。他总是表扬每个孩子的点滴进步，因为六七个孩子的年龄、接受程度、对二胡的悟性都不同，他要分别对待，又要同时教授，这是小班化孩子教育最大的难度。且这不是知识性的，这是一个孩子从不会到会，从不熟到熟的很明显的变化过程。每个音准是否正确，运弓的手腕与方向是否合理，等等，都需要老师耳听四面，眼观八方，随时调整学习的进程。家长们可谓屏息凝视，孩子们也极其认真，因为这容不得你开小差，只要稍一分心，你的手就会不知所措，俞老师一听就知道你错在哪了。有时，孩子也会小调皮，老师总会点中他的"要害"，批评几句，看着老师严肃的神情，额头上直冒的汗珠，懂事的孩子总是于心不忍，认真起来。

儿子两次考级都是合格。俞老师又纳闷又像是道歉地和我说："思远每次课堂上都是很优秀的，对二胡的感觉非常好，手松，音自然和谐，至少应该是良好，做妈妈的别太在意啊！"我笑了笑，告诉他："其实考级时，我在门外听到远远的二胡声了，的确很好，所以我一点没在乎结果，过程才是最重要的啊！"老师被我这么一说倒释然了。每次在课上，儿子都是他表扬最多的一个，像是良性循环一样，老师教得认真，他也学得认真、练得认真，被老师再表扬，我的鼓励称赞，他更是真心喜欢上了二胡。每天晚饭后拉上一会，即便周六和玩伴们玩久了，也会记得拉上半个小时。当然这都不需我提的。我和儿子开玩笑："钢琴学不学了？"他说："才不学呢，二胡好，我喜欢！"儿子告诉我，《二泉映月》要十年以后才能学，我说怎么会呢，他说他已经偷偷问过老师了。

记得有一回俞老师说的那番话，我印象极深。他说："我教了几十年的二胡，学生成千上万，以前有些孩子学得很好却辍学了，我就挨个去询问，了解到是因为家里条件不太好，我就和他们减免了一大半的费用，这些孩子有的已经走向全国，成为二胡中有实力的青年演奏家。"他顿了顿，语气凝重地接着说："我是一个草根老师，给小孩子最基础最扎实的二胡教育，是我此生最大的快乐。不管以后孩子怎么样，只要他们在闲暇时，二胡能给他们带来一种生活的乐趣，这就是学二胡的最终目的。"俞老师的这些话不仅是说给像我一样的家长听的，更是让我一个也身为老师的教育者深受鼓舞的。

三月上课时，听他说教完这一年就不教了，我既不舍又欣慰。舍不得这么好的老师要离开这片几十年用心耕耘的热土，欣慰的是，疲惫的他总算能歇下来享受本该有的清福了。他额头上的汗珠，他皮鞋踩踏的地板，他一句句肺腑的言辞，连同那把拭擦过不知多少遍的二胡，都将成为最美的记忆留在每个孩子与家长心中。他那么谦虚，从没说过自己得过多少成绩，几十年如一日，用自己的一言一行镌刻成最珍贵的奖杯献给二胡教育，献给常熟这片与他结下厚缘的第二故乡。

二

没曾想这个元旦过得如此温馨，以至夜深人静还在感动和回味。这是俞老师离开文化馆后，我们和老师之间的故事。我没有想到，一个67岁的长者，会做出如此的决定，而原因恰恰就是我，还有远远。或许，这便是缘分，便是真情。

我总是和远远一样称呼他俞老师。今儿傍晚，他和老伴提着两箱重重的水果下公交车的当儿，我和老公忙不迭迎上前去，我喊过俞老师，又亲切地叫了声："阿姨好！"阿姨笑嘻嘻应着，唤我名字，像是早就熟悉的一样，拉上我的手，边走边对俞老师说："呵呵，老俞，丽萍比照片漂亮哩！"俞老师看看我，回了句："她本来就是江南水乡大家闺秀的类型啊！"老公把他们的重礼换到自个手里，许是太沉，一眨眼，只能看到小小的背影了。俞老师夸他善良，一见就是好孩子。我心里乐着，这两口子似乎把我们当孩子呢。不过，在他们中间，我倒真的很亲切，像家里人一样，渐渐地，调皮可爱了起来。

亲切是有原因的，两口子把我的散文集《心有菩提》看了个遍。阿姨将我的双手放在她手心里，一字一句地说："丽萍，你的文章写得真切感动，我喜欢看又不舍得多看，一天看一篇，一篇有时看上几遍。你吃了那么多苦，如今这么有出息，老公孩子都好……"夕阳的余晖洒在长长的林荫道上，北风嗖嗖，吹打在阿姨没戴帽子的头上，我真怕她冷了。

进屋，待夫妇俩坐下，我将远远书法、古文的奖状递给他们看，像是孩子给长辈汇报成绩那样，只想他们开心快乐，而非炫耀。听着他们发自内心的夸赞，在旁的远远倒是害羞得说不出话来。

开始晚餐，刚炒好的青菜金黄碧绿，甜甜的白萝卜已经酥烂在熬好的鸡汤中，不多的菜肴，一半都是妈妈从乡下的菜园里摘来的。我们知道，两口子愿来家里做客，图的是真诚和缘分，大家聚在一起，说说心里话，吃着家常小菜，真有家的味道，团圆的快乐。给老师敬上一杯酒，感谢老师这么多年对孩子的教育，还为彼此能这么有缘地相识、相聚而干杯祝贺。

今天，是俞老师离开文化馆，离开常熟许许多多学生的最后一天，他原本有太多的感动。"孩子们真的长大了，分别时，他们一个个眼泪汪汪的。10年前，我弯下腰叫他们宝宝，如今，我得仰起头看他们离开。"我往老师的碗里夹了点野味，希望内心波澜起伏的他尝尝家乡的美味，他吃了一口，露出笑意，称赞道："不仅味道好，还软，我的牙不好也能吃得动呢，"转而给远远夹了块大的放碗里，"思远，不管你学到多久，老师也是这么一年年看着你长大，如果不是你和妈妈，老师铁了心回上海，不再教孩子了。你妈妈的故事感动了我们，我父亲也是书法家，他希望我能走他的道路，可我痴迷在二胡中，没能圆父亲的梦，要是他健在，非收你妈妈做高徒。当然，让我改变决定的最主要还是你，你对二胡的喜欢和悟性，是老师最为开心的。"说完，俞老师举起酒杯，敬我们全家。此刻，眼前的他，不只是那个德高望重的老师，还多了一份对小辈的怜爱和期望。儿子默默地听着，眼圈红了。此后，孩子的心底该会永远铭记这些话，永远珍藏老师的爱吧。因为，二胡是老师给他打开的一扇天窗，从这里，孩子望见了音乐的殿堂，不论走多远，能让一颗童心美妙起来，便是最值得开心的。

饭后，老公将好多年不用的旧二胡请老师对了下弦，准备新年带回老家让孩子演奏给爷爷奶奶听。阿姨也想听孩子拉琴，远远就演奏起来，曲子轻快，只是能感觉出些许紧张。一曲毕，远远又将自学的《姑苏春晓》两大段拉给他们听,流畅优美的旋律将姑苏的温婉和灵动都表现了出来,我好奇,似乎几天前的他还没拉得这么美啊。老师边听边笑意融融,突然,曲子戛然停止,孩子不好意思地说:"老师,我只能拉到这儿,后面不懂。"老师高兴极了,"思远真有悟性,比我教小课中有几个孩子拉得还美呢!百分之八十以上都是对的哦!"儿子开心地笑了,"我学了三天,哦,不对,是三个夜晚。"大家都笑了,在学五级的他自学八级曲子,还被老公担心地说过不该学的话,如今,他可以量力而行了。

曲终人也将散,我知道,只要有二胡在,我们和他们之间就一直会有故事,抑或是,即便有一天,远远不再学二胡,我们和他们之间也不会就此结束。

临上车时,俞老师拍拍我的肩膀:"等我们上海的房子弄好,你们一家过来住几天,我儿子女儿都比你大,你是老三。"

那晚,我难以入眠。

三

俞老师回上海了,他说等重新换了手机号会打电话给我。

大约一个多月,对他们的想念还时不时升腾在我心底的时候,俞老师打来了新的电话号码,兴奋地说,等过年准备和女儿、儿子一大家子去台湾,还要学微信。我开心极了,连连叫好。真是可爱,就如他在我家看到了我文静背后还很调皮的那样。

过年了,我们一家照例去安徽老家,除夕吃年夜饭时,我在电话里给他拜年。还没等我说几句,他就向我,向我家人,还有我老公的家人问好拜年,那亲切的话语似一阵阵暖流涌进心田,给新春佳节更添了浓浓的家的味道,年的热闹,幸福的滋味。然后,又问我微信开通了没。我惊喜万分,他一定学会了呢!放下电话,我马上搜电话找他微信。呵,真的呢。

然后,春节里的那几天,也就是俞老师一家台湾游的日子,每天,我都能收到他们的祝福和照片。他在台北市中心的101大厦上,让我看到了世界第一高楼的宏伟,看到了高楼下璀璨的灯火,也想象着夜空下浩瀚的天际和繁星满天。在国立故宫博物院里,我看到了端坐于高台之上的孙中山雕像,还有他用一生来书写和担当的"博爱"二字。在景色清幽的士林官邸公园,我感受到了幽静的环境,那儿树木葱茏,绿茵满地,春意浓浓。即便春节休息不能进入,我也感谢俞老师为我传来的外围照片,因为我第一次知道这里就是蒋介石和宋美龄居住过26年的地方。在辽阔的渔人港前,俞老师将红色的外套系在脖子里,俨然成了条围巾。我不解其名,他告诉我,这儿是历史上渔船停靠的码头,也叫渔人码头,久而久之形成了无比漂亮的风景区。

在一张张照片里,我欣赏到了美丽富饶的台湾,看到了幸福快乐的一家,更享受着无与伦比的温馨,我在这头,却有如亲人一般的他们在遥远的异乡为我传递快乐,我又何等幸福!我告诉他,丽萍耽误你们游玩了,我在改稿子。他说,孩子,别累着。

精彩背后

每个暑假接近尾声的时候,学校都要请名师来给老师们做讲座。今年换了位新校长,见会风不太好,插了句,会后要抽查记录本。大家一怔,精神立马转好,边听边记,鸦雀无声,台上的一言一行倒真是清清楚楚了。

两天的时间里,有三位年轻的省市级特级教师和一位白发苍苍的老前辈来学校讲座。年轻人意气风发,有声情并茂脱稿演讲的,有温文尔雅侃侃而谈的,引古论今,达理穷观,语言文字在他们口中似信手拈来的简单,成稳与老练的背后不知付出了多少辛苦和努力。他们十多年的成长与如今的绽放在这一刻相得益彰,与其是讲座,还不如说都在述说每个不一样的自己,何时开始努力,为何努力,怎样奋斗,如何坚持,直到今天,成就精彩,还有更辉煌的明天。

仅此,我已感觉到自己内心的触动。我在工作岗位上已经十多年了,然而,一年又一年的重复,我还是一个平凡的老师。我有心教好孩子,孩子的成绩、家长的反响也不错,可我知道,自己未能将工作当作事业去做,才没将教育教学中的点点滴滴记录和整理下来,形成更有用的经验和报告。但是,我怎能后悔呢?人生总有取舍,得失便是常事。如果,十多年前没有那场大病,而是和年轻同事一起在工作中尽心尽力去学习与求索的话,就不会取得如今书法和散文上的成就。那么,我祝福他们吧,我会学习他们那种进取、坚持、不断超越的精神，即便在自己的工作中做不到如此周全和细心，但是，爱孩子，一笔一画教好学生写字，我将努力做得更好。

那位老前辈更让我感慨。他拿着一大沓资料，在讲台前精神抖擞地演讲。从国外到国内，从历史到现状，正面反面，有条不紊合理展开。他是一位历史研究员，花白的头发似乎表明他自己就是那么一部历史了。他抑扬顿挫，时不时来点幽默，唱句歌词，说声OK，逗得我们一点也不觉得这是八十多岁的老人。更可敬的是，年轻名教师都是学校花渠道花费用请来的，这老头可是公益讲座，这么大年纪，来回都是公交车，夕阳无限好的时光里，蕴藏了一颗多么豁达和美好的心。两个多小时，待他讲完站起身的时候，台下的掌声经久不息。我真想上前给他一个诚挚的拥抱，多么可爱的人！

除此，更感动我的，让我想流泪的便是以下的故事。在中途休息时，大屏幕上放了段视频。平时的我只顾着写字写文章，对外界和网上的新闻也好，故事也罢，真的知之甚少。直到今天才知道了这个人，叫谢坤山。他是台湾人，一个小时候因为高压电导致四肢唯剩一点臂膀的高度残疾人。他是台湾最快乐的人，数不尽的健全人都在他的讲座和影响下获得了感动和力量。视频中谢坤山教育孩子的那段话深深印在我脑海。他问孩子，你们最想要的是什么？孩子们异口同声回答，钱。他说我也喜欢钱，我这儿有一百万元，你们谁想要？孩子们又争先恐后说，要。谢坤山继续快乐地说，我有个条件，谁答应就可以把钱给谁。孩子们不解，纷纷询问。他认认真真地说，条件就是你们身上的一双手、两条腿。孩子们惊呆了，连忙摆手，我不高兴，我不愿意。是啊，谢坤山语重心长对孩子们说，你们身上的每一样东西都是无价的，你们要好好珍惜它，用好它，做个努力和出色的自己。谢坤山失去手和脚后，生活自理能力丧失全无，他从头开始学起，刷牙、洗脸、吃饭、穿衣，每一样都无比困难，每一次他都坚持不懈。后来，他到处讲学，在给人们送去坚强无比的爱与温暖的同时，他还不断学习充实自己，白天去学画，晚上读夜校。多少年的努力，他的画竟冲出台湾，在世界上获得了奖。人，拥有残缺的身体不可怕，最可贵的，该是那种对生命的感恩，对生活的信念，对美好的追寻，还有对幸福的真解。

  在他心里，快乐不只是脸上时时洋溢出的灿烂笑容，更是心底那股感恩和慈悲的大爱情怀。人家以为他或像他那样的人，会没有勇气活下去，然而，正是如铁的刚强之志，如水的柔和之心，成就了一个让人含着眼泪为他自豪的快乐之人。他说，在别人都想放弃我的时候，妈妈是这么说的，哪怕他还有一口气，能叫我一声妈妈，我就永远不会丢下他。母爱，也成全了谢坤山一生的传奇。

  我深深地被他打动了。回家后，我将看到的故事，听到的话语，讲给孩子、妈妈听，他们也忍不住流泪了。这几天的讲座，传递给我的是一种成长，我将传递开去的是更多的温暖。

乡土文风

我的家乡在常熟杨园,几年前相邻的三个镇合并成了一个大镇,叫辛庄镇。镇上有个建成不久的文化中心,坐落在乡政府对面。我去过几次,清幽的环境伴独特的建筑,自是清新可爱。

循着曲径通幽的小道,我走进文化中心,置身于面积达2000多平方米的两层建筑中,顿觉宽敞明亮。登楼,皮鞋点地的声响回荡在大厅中,我脚步轻轻。

文化中心的站长姓朱,真诚热情,亲切大方,加之也是位女同志,一见面就很合得来,彼此说话自是率真随和。我一到,她起身相迎,打好招呼便去泡茶。我说,你不要客气,有什么事说就是。她说,总让你自己过来,还叫你做事,有些过意不去。我说,除了写点字,我也帮不上别的忙啊!她笑笑,拿出一沓黄阿雪的事迹报道,说,葛老师,想请你写写这个人的诗歌。"我?不会吧,我没写过正规的诗歌,平时写的都是随性自由的,水平不够啊!""你写过那么多小文,这诗歌就试试吧,一定行的!"她倒是真的信任我,我心里却一点没底,毕竟自己的水平有限,能拿出去参赛或朗诵的诗歌我从没尝试过,此时方恨胸中"墨"太少了。

站长的这番信任让我既"盛情难却"又忐忑不安地接下她手里的资料。我答应她,那就试试吧。

我果真按照资料编写了一首黄阿雪的诗歌,发给她后,她也没嫌不好，还回了感谢的话。作为站长，她尊重和信任每一位有才能的人，不管我们是否能获得多少荣誉，只要为家乡出了一份力，她就真心感谢每一个人。

她的确是个好站长。

再去文化中心，是去展览室看书法作品。这一次，我细细看遍了楼上楼下的各个厅。楼上除几间不大的办公室，最显眼的是东边宽敞的图书馆，图书馆设外借和成人、少儿、经典等阅览区域，书籍种类齐全，藏书达2万多册。南边一间是创作室，供书画家及爱好者现场创作交流。回到楼下，在最大的多功能厅，即评弹书场兜了一圈，还就来到了挂满作品的书画展览室。

我远远就看到了自己的作品，还是好几副。"这是什么时候写的啊？"我盯着一副楷书对联，羞红了脸，自言自语道："那会写得还很幼稚，对了，这么早的作品怎么还在呢？"细看落款，有八九年了。我数了下，自己的作品有七八副，年代不一，真像是一路走来的脚印。站里工作又兼带摄影的立新告诉我，这些作品都是文化中心为每个书家保存的，许多年了，看看自己的学书历程，一定感慨万千吧！是啊，曾经的稚嫩与今天的所得，今天的所得与明天的成熟，都是相对和不断进步的过程，没有曾经也不会有现在，没有现在，更等不到将来。这其中，努力与修养必不可少。看着想着，我不禁感谢起他们，用心地做好看似简单的事，也是不易的。每个人的成长都在这里，他们是观者，我们是被观者，只有将最美的自己绽放在此，才不枉了观者，不枉了这方家乡的热土。

这里除图书馆、评弹书场、创作室、展览厅外，还有电子阅览室、综合排练厅、健身活动室等公共文化活动场所。从这些厅的名称，就可以窥见这里把握着文化发展方向，加强了公共文化服务体系地建设。听站长介绍，中心以文艺活动促繁荣的理念，建立了10多个文艺团队，如，琼花艺术团、辛庄小学评弹艺术团、张桥小学剪纸艺术团、辛庄健美操分会、凤兰少儿戏曲艺术团,常年组织送书、送影、送戏下乡等活动,不断满足着群众的文化生活需求。基于在各类比赛中所取得的成绩和全体成员一贯的努力,文化中心已成为江苏省一级文化站。站长感慨地说,成绩的背后,我们要感谢全镇的文艺团队和爱好者的参与,没有你们,我们的工作不会顺利进行。文化中心是桥梁,最终服务于百姓,很多地方我们还需改进,多听群众的心声!

其实,文化中心每年的确开展了许多活动。我能参与的,是每年和十来个书友一起去街上给老百姓写春联。红红的春联映着几百张开怀的笑脸,冬日的严寒已经被百姓的热情驱散,站了两三个小时,到收工洗笔时,才觉得两个小腿肚酸疼起来,然,看到自己的一点爱好可以给他人带来快乐时,心底收获着满足和幸福。

优秀的文化是神奇的,它可以让人启智明慧,怡情养性之外,更让一种高尚之美慢慢渗透和浸润开来,影响一群人,一片土地,乃至一个国家。文化中心既是发现、汇总个体的真善美,又将它们衍生、铺展,成为家乡独特的资源和精神财富。在富裕的江南,在祖国追梦的路上,这个家乡的文化中心,定会铺展开更美的画卷,因为我们,也会一起努力!

后来,再去文化站,我已是常客了。

雪落无声

最早知道阿雪这个人，是从文化站站长给我的一大摞资料上。站长客气地请我写阿雪的诗歌参加市里的比赛，我有些受宠若惊，也隐隐地忐忑起来，从没正儿八经给别人写过诗歌，自个真行吗？当我慢慢将阿雪的事迹和报道一页页过目后，一个陌生的形象逐渐清晰了起来。从文字走向内心，我有了一种不得不写的理由，平凡人的不平凡事迹，为什么不让更多人知晓并颂扬呢！

阿雪姓黄，是一名还在职的工人。他是常熟辛庄原顾泾村人，是在恢复高考从乡下走出的一名早期大学生。许是身在他乡，心系乡人吧，阿雪从一个偶然的机会带领几个乡人筹款成立了关爱基金，从此一发不可收拾，各种基金相继成立，他是筹划的人亦是带头捐款的人。在今天的社会，或许你会说，这很容易啊，我也能每年捐点的，只是我不信任给谁。是的，阿雪带头捐款，成立各种基金只是第一步，这些被捐的钱每一分都要用到了刀刃上。于是，阿雪情系家乡，走访家乡，将温暖与关爱送到最需要的乡人手中。

乡人告诉阿雪，有个困难学子叫姚馨，生母早逝，2011年以优异成绩录取南京大学。黄阿雪了解情况后，三年来推动基金会向姚馨发放奖学金6000元，帮助其圆梦南大。阿雪还介绍了该村与姚馨同一专业的南大老教授宁新保与姚馨相识，让老教授给予关照，这样三代南大人就牵起了手来。每次小姚馨寒暑假回家乡，都会去看阿雪,高挑的女孩见到一直在背后关心帮助她的长辈,就如见了亲人,她深情又腼腆地喊出了自己的心声:"叔叔,我一定努力学习,长大后像您一样帮助别人,我保证!"

村上有个全盲的残疾乡亲叫黄惠根,平时生活很艰苦,阿雪为他配全了家用电器。细心的阿雪考虑得很周全,给他搬来了电磁炉和微波炉,这样,做菜时惠根的双手就不再会被火红的灶具所烫伤;为他配置了小电冰箱,惠根就不用担心瞎摸着好不容易做成的菜会变馊,也可以储存一些蔬菜荤腥,防止今后一两天没有小菜贩经过而没菜吃;给他安装了空调扇和电扇,让惠根在凉风中安然度过一个又一个炎热的夏天……村上八九十岁的老人,因为他的带头,年年有了养老金。

读到这里,我想动笔了,一个普通的人,因为情系家乡,让自己有了一颗不平凡的心,不平凡的心,因为心的德与善,让生命的花朵芬芳绚丽。阿雪从自己做起,带着身边的平凡人,一同谱写德善的赞歌。

从2012年5月开始,在每年的母亲节那天,黄阿雪都会组织"情系家乡人"义诊活动,邀请了苏州儿童医院主任医师孙斌、苏州市立医院主任医师沈彩娥等多名顾泾籍在外的医务工作者,回家乡进行健康义诊,为乡亲们做做B超、心电图、量量血压和测测血糖,为增加义诊力量,黄阿雪还会邀请他的多位同学和朋友前往助阵,义诊活动经费主要由黄阿雪赞助。受黄阿雪"情系家乡人"义诊活动的启发,苏州市辛庄企业家商会、吕舍村也策划了"我为乡亲出诊"等系列义诊活动,黄阿雪又积极投入其中。如今,辛庄籍及社会上很多医务工作者受到义诊活动的感召,自愿加入爱心队伍中来,成为一股辛苦自己温暖他人的社会正能量。

钱,可以助人,虽然没有惊人数字,爱,可以传递,即便不会撼天动地。然而,一颗永远的爱心,一种执着的坚持,一份炽热的情怀,足以让人可佩可敬!

阿雪,未曾相见,却已然在我心底活灵活现。内容有了,情感来了,诗歌便不再彷徨了!我将充满情感的文字一一敲击于键盘,等待读者。

当有一天阿雪在微信上出现在我的朋友圈时,我向他发了这首自己第一次认认真真写的诗歌。没等到他的表扬,却迎来一句话"葛老师,你辛苦了,不过我觉得不太好,夸张了!"我目瞪口呆,一时无语!原来我赋予诗歌的情感阿雪一点不在乎。我委屈得很,没说一句谎话,怎么是夸张?我将他的善举表述,对他的敬意传达,将更美的希冀寄托于每个中华儿女身上,难道是夸张一词可概括么?

阿雪,你是一片飘落的洁白之雪,无声地滋润着一方土地,既是如此,难道你不许人懂你,去传播更多的微小之爱么?我懂了,你定是觉得这是没什么可颂的小事,这或是智慧和大德之人才有的本性吧!

当我正式见到阿雪,是和他作为先进人物一起参加镇里组织的表彰活动。阿雪,清清爽爽的一个中年人,比我想象得还年轻。他看到我,笑笑,主动和我打招呼。在他身边,我很默然,他的那种小事大爱,我还没经历过。

我知道,人最可怕也最关键的是有什么样的念头在萌生,一旦有,去行动,什么都不是难事。我明白,阿雪之前肯定也是一瞬间的念头,让他走上了一条慈善公益之路。这条路漫长也宽敞,这条路温暖也积聚力量。他说,如果没有国家的培养,像我这样出生在贫穷家庭的农家子弟也许就无法改变命运。人要讲究个知恩图报,我要回报国家的培养、社会的厚爱。其实,2010年阿雪的第一笔一万元捐款还是借来的,当时家中的房贷还有一百万以上,且还在筹集女儿留学保证金。然而他就是为了要让乡亲中的弱势群体早些得到"大手拉小手"的温暖,铁了心要做慈善公益。这对于全天下普普通通的百姓，又是如此难能可贵。

他相信"公益不仅仅是一种行动，更是一种理念的传播"。他欣慰，通过他搭设的平台，好多有心人都把每年为乡亲捐款当成了分内事。他快乐着，慈善公益在照亮别人的同时也温暖了自己。他更规划着新的"123计划"，用行动和信念铸就他平凡而伟大的慈善公益梦。

雪落无声，大爱永恒，我仿佛看到了那一片片纷飞晶莹的雪花落满地，化为水，汇于溪，流向海，源源不断，奔腾不息……

与琴谱书

喜欢弹古筝的我,没想到自己还会与古琴谱沾上边。

一个夏日,书友邀我去他朋友家听琴。若只为听琴,我是不会去的,总觉得古琴太高雅,低沉雄浑之气并不是自己所能领悟的。朋友告知,有人拟请几个小楷书家一起抄写一本10万字的琴谱,虽不讲润格,却很有意义,要我也参加。我想,自己抄经不也一样是积功德么,能参加既是一种认可,也是一次锻炼。于是,随书友来到了王先生家中,其他书画人士相继而来,一间装饰得古意浓浓的茶室顿时热闹起来。茶几上铺着青花台布,一支清香在古色的香盒里兀自缭绕着,身穿旗袍的我在他们中间有些不自在,毕竟自己难得在晚上参加这样的雅集,况且许多书画家都不熟悉。我顾自喝茶,听他们说话,等着分配抄录琴谱的任务。

十多个人中,最年长的是汪瑞章先生,人是第一次见,名字倒是如雷贯耳,是德高望重的诗词书画界前辈,另外就只认得一两位书友了。王先生将要抄的琴谱书拿给我们看,那是一本8开大小的近200页厚的书,上下共两册,我们"啊"的一声,"这么多字",他连忙解释,"下册是真正的琴谱,已经有人抄好并印成书发售。"他边说边从壁橱里取出一沓蓝色线状书,"你们看,就是这种。"我们人手一本,欣赏起来。"我想请你们抄的是上册,全是理论,这两册琴谱是我的老师汪铎先生毕生的心血,七十多岁了,我作为他弟子,希望能以这样的方式报答恩师。"听完,大伙一方面表示赞同,一方面感慨琴谱字数太多。不过既来之,则安之,纷纷讨论起抄写的方案,用什么笔、标题、段落的形式,标点符号的统一,每行多少字数为宜等,坐在一角的汪老先生用小行书细心地笔记录着大伙的意见,最后定下每个人需完成的章节,有人已经跃跃欲试,在几种纸上试写起小楷来。

  安排妥当,古琴声起。我第一次在娴雅的氛围里欣赏古琴,感觉美好又不能全身心投入,或许没有内心的积淀与丰富,没有欣赏的能力与悟性,琴声里诉说的,我知之甚少。只觉得,此刻的琴声在静谧之间传出,手指在琴弦上擦拨的声响也愈分明。弹琴之人沉浸在自己的琴声中,所见所思,只有眼前的琴与琴声中的境,或许,琴本是弹给自己听的,不论听者懂几分,满足了自己,发泄了情感,一场琴曲之宴亦是琴人与琴彼此的交流,心心相印而成的呢!高山流水遇知音,知好,不知也罢,只需如此静静地赏着。

  低沉的琴声回荡在耳旁,我的双眼落在刚领回的"任务"上,开始领略早期的琴文化。"在蔡邕《琴操》《吕氏春秋·古乐》等古代典籍里都记载有伏羲、神农、炎帝、皇帝时期就开始削桐为琴、束丝为弦的传说,足见琴已有五六千年的历史了——二千五百年前,孔丘曾从师襄学琴……"。从一页页琴谱的字里行间,我感受着古琴几千年的魅力,也从打印后再次批注和修改的琴谱之中看到了一代琴人的执着与认真。今朝,我们能将琴谱还以古味,用小楷抄录在古色古香的线装册页之上,是一件多么富有意义的雅事。原本,我们都是虞山脚下的子民啊!常熟,在许多年前就列为全国古琴之乡了,我们没有理由不去做一点自己能做的事,为家乡,为古琴。

  曲终人散,夜空已是繁星满天。

  后来的几个月,我都将琴谱挂在心上,闲时抄上一两页,抄到册页一小半时,发现因一页页翻过,一边变厚不易写,就索性将线小心翼翼拆下。我抄的是琴谱第一章,共有五个小节,每节又分许多段落,因为之前大家统一过形式,抄下来倒没什么大问题,只是偶尔查下不能确定的繁体字,偶尔写错一字重写一页罢了。但是,有几个书友在抄写时,不是这般惬意呢。他们慎重地临帖,临了近一个月才开始抄写,每行多少字,他们也都尝试过许多遍,最后定下17～20字,我被他们的认真感动。每位书者把自己抄好的一页发在群里,互相品评,请汪老先生过目,我的那一页还受到了他们的好评。其实,对于一万多字的琴谱"任务",我无所畏惧,喜欢小楷的我能挑战七八万字的长卷经书,这些不在话下。在我看来,小楷书琴谱和经文是一致的,自然的心、自在的下笔,静静地,一个个字跃然纸上,渐渐地,一页将满,继续,不去刻意,也不妄为,我就是我,自然纯真的笔意蕴含秀美与和谐。

完成琴谱的那天,我用熨斗把一页页熨平叠整,看着前后一致,端庄秀美的两本册页时,欣慰地笑了。我想象着,过阵子,书友们把所有的册页都聚在一起叠整时,该是多么振奋人心的一幕。或许,琴者、作者与书者的统一才更是一本琴谱之书!

我再次打开抄写好的琴谱,和原稿进行核对,感觉对古琴的渊源和琴文化了解了许多。回想在抄写时,自己只顾着文字,时断时续地割裂着句子文意,现今一行行读下来,方清晰了。我懂得了琴不是一般的乐器,而是超越一般音乐的内涵,弹琴不再是技艺演奏,听琴也不只是欣赏音乐,而是在做学问,在提高修养。琴道的内涵体现了中华文化儒道释三大传统文化,有儒家礼乐之道,道家修真之道,和佛家明心见性之道。我也懂得了琴人弹琴谓操缦,琴品来自人品,以传神之操为上品,而幽雅的环境与琴上清音可相得益彰。难怪不管是王先生也好,还有他的师弟,都把我们请到那么幽美的环境中听琴呢!

书友李先生是王先生的师弟,弹琴之外,喜欢茶道,结交文人墨客，一日，竟在群里邀请抄琴谱的人晚饭雅集，条件是各带一张抄错的琴谱。大家看了，都开怀大笑。那夜，七八人果然随带琴谱错字页雅集在虞山三峰一茶馆，主人笑语盈盈，以美酒佳肴款待，客人品茗观字，皆是诗词书画玩家。这茶馆古色古香，印着淡粉牡丹的扁圆灯笼高挂在梁上，整个房子是横着的木条构成，中有玻璃镶嵌，四围若隐若现。里面茶几壁橱，物什精致，古意玲珑。宴罢，又是听琴，或是抄读了那一章琴谱书，再赏琴声时，自然就有些眉目了。沐手焚香，气度娴穆，挥送自如，庄敬平和。或许这便是文人操缦吧！

  左手在弦，时而长揉，时而飞吟，时而缓揉……

第七辑
相约旅途

相会西塘

在心底"斗争"了半个晚上,我还是下决心将那件还未穿过的红呢旗袍装扮上身了,像是与心上人初次相会一般,竟如此期待一场别样的邂逅。或许,这美丽的名字早已在脑海深藏,不知哪年哪月会曾经亲历,故而这么慎重、娇羞又欣然、喜悦。

西塘,今天,我着一袭红装来见你。

不是烟雨的春季,也非冷落的清秋,你拥有太多的赏者,我,只是一厢情愿将自己来穿越。

烟雨长廊里,我想倚栏看远,然而,这儿只是一条过道,容不下我的停留,川流不息的人群里,我只能侧身往前,疲惫了的双眼,虽然忍不住左顾右盼,风景也似乎和预想的略有差池了。

向外望去,湖水荡漾,泛着粼粼波光,水中倒映的黛瓦粉墙,树影石桥,在一阴、一阳、一暗、一明中变幻着、突兀着、晃动着。船娘摇橹而过,将水中的景儿涣散,留下几抹亮亮的白、亮亮的蓝,那是水中的天。船儿远去,湖面又慢慢恢复平静,像是待风,又像是等雨,还有等待那挂着灯笼的一只只游船悠然前来。

向内瞧,景点与商铺错落有致,古味和现代相互交织。琳琅满目的商品中,有围巾发饰,复古衣裳;有陈酒佳酿,特色小食;有手工制品,古镇影碟。我们几个小姐妹,走在一起,看在眼里,窃窃私语,说等忙完琐事,回程时,一定细细选购。

哦，西塘，我原谅你不能静静地和我相约，虽是初冬的正午，你还是这番的热闹与繁华，倘若烟雨之时，又会有多少往来男女为你痴醉呢？在我心底，殊不知该给你减几分魅力还是要添几许骄傲？

哦，西塘，我不会埋怨你的，该是你的柔美才会引起尘世的喧嚣，不是么？

我，像是怕你在摩肩接踵的人流中寻不得，一身红装在湖边柳条下分外明媚。欢颜，合影，与同来的姐妹。大家于廊檐外、清湖旁，被古桥、古屋围着，船儿摇、柳叶拂的当儿，或立或坐，身后都是一大幅绝佳的江南水墨画，无论怎么拍，都是倩影，都是美景。

我开心地笑着，快乐地将自己绽放。今天的我可以在千年的古镇间闲步赏景，便是一位幸福的佳人。我将此刻铭记，不知道，你是否也愿意，有这么一位女子，在本命年里，在你怀里欢欣，在你眉梢亲昵。

走访一处处古迹，我见识了你的远古。一粒粒纽扣的烦琐与珍贵，一片片瓦当的历史与尊严，一个个园子的故事和心思，一杯杯陈酿的品味与文化——纵使岁月无情，任凭繁华事散，你，总是远古的那一个，不是我穿越来见你，而是你惺惺相惜与来者相聚。而我，只是其中的一个。不管懂你几分，知你几何，你从不厌烦。不论今后如何，将来怎样，你亦言不改色。

我不忍匆匆离去。总要留点什么给自己，留点什么给西塘。

饭后，姐妹们相邀购物。围巾、披肩、发簪、挂坠，这是女人们统统喜欢的。下车时姐妹们就让我把外套留在车上，今儿到西塘，定觅一条心仪的披肩。于是，我们进得一家小店，店主是位时尚女子，见我红呢旗袍，芊芊细腰，殷勤地给我挑选，红色之外，当然不能再配亮色，一条超大的淡紫色细密花纹的披肩经她的手围围弄弄，镜子中便出现了大方典雅的我。喜欢自是难免，还价付钱，披肩就属于自己的了。然而，我向来对于发饰围巾之类的，除了喜欢，少了份会装扮的本事,怕弄巧成拙,只就那么一两种花样,再无心去研究别的了。所以,买是一回事,真的如店主那般化简单于神奇,还是将来的事。出得店门,兀自遗憾,说不定它又将成为衣橱中的摆设,但这是西塘留给我的,也就足矣。

折回烟雨长廊,我们继续购物。见女伴在试穿成型的披肩,又心动起来,身旁的姐妹取了条黑的,让我试试,那是条粗毛线编成的网眼格带流苏的披肩,只需往脖子一套,正对领子,就出现了左短右长的不对称之美。价格是刚才的一半,效果却显而易见。摸摸材质,虽不及那大披肩细密精巧,却来得省心实惠。于是,它成了我的第二个西塘留念。

离集合还有一个时辰。

走过一家家民族风的衣服店,还是不由得踏了进去。宽大的衣裳有汉服之味,对于喜欢古典,一空就弹琴习字的我来说,如见了知己。今夏去九华朝拜,相识一位长发美女,谈为朋友,她信佛,微信上的诗歌、文章、活动皆不离佛禅两字,每每看她照片,总是如仙子飘逸在眼前,而所穿的正是宽袖长衫、棉麻宽松的民族衣裳。

我选中一件穿在身上,顿时,一个清瘦古典的女子穿越在镜中。浅浅的藏青底色让棉麻质感越发古朴,祥云与龙纹绘其之上,与自己于龙纹宣纸上抄写经文甚是相融,七分的宽袖边缘绣着红色莲花,又和自己的荷轩笔名暗暗吻合。下摆宽大,长度过臀,窈窕之身越显清秀。心形领口处缝有三对老式的盘扣,于细节处更添了复古之味,此刻,若是春末或初秋,我定不愿脱下。一见倾心,砍价,店主见我穿上不凡,便给了个我能接受的价钱,一边给我装袋,一边还自语:"今儿是周六,平时这个价定是不卖的。"我们好奇,"双休和平时有区别么?""当然,你们是团队来的,散客来西塘,才舍得花钱啊!"不管是真是假,今儿能遇见它,确是意外。或许,西塘早已等我多时,待我欢颜时,待我红妆倩影,才有此般美丽的邂逅。

"上下影摇波底月，往来人度水中天。"这是西塘一座石桥镌刻的联句，字在水上，时浅时深，因为晃的是波。我虽未见波底的月，但水中的天已在今朝领略。

　　再会了，西塘，你可以忘却我的到来，然，我一定会留得你的美丽，或许，在另一个烟雨茫茫之日，在月上柳梢之夜，我会再来见你，穿上那件复古衣裳，任你繁华与热闹，总有一条深巷为我开，总有满怀思绪任我飞。

唐市半天

一 短暂书友会

  入冬前的最后一场秋雨总算过去,十来点钟的阳光格外灿烂,几个书友聚于唐市中心小学,在一间精心布置的书法教室里挥毫泼墨。我怕写大字,见到有古色古香的团扇和信笺纸,就挑了支主人早已准备好的小楷笔,从教室前边摆放成一列的书籍中翻阅,看到一本《饮水词集》,繁体古味,字里行间留有主人阅读时的许多批注,不禁心生欢喜,好书读到这份上,或许才算是上品。于是,静坐阳光透过来的一角,开始写字。

  临近中午,我的第二幅作品还没完工。一个七八岁的小男孩,时不时来我身边,数着我写好的第一张作品上的字,手指一边点,嘴里一边念,数了几遍,竟出现了不同的数目。小家伙皱着眉头,在那儿犯嘀咕,哪次是对的呢?他妈妈怕他扰了我,让他去外面玩,他不肯,转悠在我身旁,我猜,或许人家的行草书连着笔画他数不清,就喜欢到我这儿来了吧。我告诉他,只要不碰到我,在我旁边没关系。他听了,便开心地不走了。做了多年老师,习惯了孩子在身边,虽然写字时需要静心,但这么点小动静,又是可爱的孩子,了无妨碍的,反而还让我多了份情趣哩。

二　漫步石板街

午后两点，和书友一起走石板街。

这是一条老街，很长，千米左右。狭窄的街道上铺着一块块约两米长、半米宽左右的石板，高低不平，一幢幢旧屋像白发苍苍的老人伫立在两边，白墙斑驳，落出了红颜，红漆门窗，也已饱经风霜。它们都在无遮无挡的风雨中显现着岁月的印迹。大部分屋子的门都上了锁，锁亦锈迹斑斑，唯有门前的灯笼和对联诉说着曾经的热闹。幸好有那么几辆停着的电瓶车，有那么几个挂着拐棍聊天晒太阳的老人，有那么几间打开的窗户，让我们看到了与阳光一样的生气。

有个书友中午多喝了几杯，走路直晃，从左面的墙扶到右边的墙，让我想起那句段子，墙走我没走。我看他跌跌撞撞地要追了上来，便加快脚步，喊来另外几个先生，让他们照顾他走。他笑，扶他的人也笑，我也暗暗偷笑，一个微熏小醉的男人，小女子可不敢扶哦！

巷子深处，右侧一幢老房子已经歪斜了，似乎在向我压来。我躲着它，边走边看，这屋子与另一幢屋子中间已有一掌宽的裂缝了，似乎随时都会倾倒，让我心惊胆战。远远地隔着窗户张望，里面漆黑，应该无人居住了，那也应该来修缮一下啊。我心里不由得默默地想，这老街上还有尚未搬出和不愿出去的居民，亦有外来打工者，这么大的裂缝，好不危险呢！再说，好歹也是条老街了，若是身在周庄、同里等有名的古镇，应该身价百倍了吧？我略略为这幢老房子不平起来。

快到巷子口，有一座颇具规模、雕花门窗的独特建筑。红匾上刻有言恭达先生书写的"杨彝纪念馆"篆书。锁着的四扇门两旁有一对子，"耆德惟龙首，交友将凤雏。"细看落款，是顾炎武写给姓杨彝的。杨彝是谁，我一点不晓，有时，知名和不知名是一回事，关键是要不要去弄明白。只要遇见字，书友们必会驻足，欣赏一番之外，也顺便看看此人来历。幸而右侧砖墙上有介绍，此杨彝先生于明朝天启年间在唐市凤基园创立了中国著名社团应社，并与太仓顾梦麟在此讲论经义，称唐市学派，杨是领袖。这么一看，这联子就解了，对此人也有了一点了解，怪不得在破旧的巷子中突兀着这么一个纪念馆呢！虽说人去楼空，三四百年前的辉煌已经灰飞烟灭，然而，历史毕竟是公平的，谁能永远留着，是自己一生的作为所定。如此，一个人，就不会太狂妄，我们都是匆匆岁月的过客，若捡拾些自以为是的亮片，便当了珍珠，那就大错特错了。还是那句话，该留的，自然会留，不该留的，想留也留不住。

三　走过石拱桥

　　巷口处，连着一座小桥，扶着铁栏杆下，沿小路走，不知不觉，视野开阔起来，一条宽宽的大河映入眼帘，那个晃来晃去的书友一眨眼又出现在我前面，吓了我一跳，河边没设栏杆，你可别晃了啊，另几个书友见状，马上上前，一边一个，半携半扶着他继续向前，这回可真不敢放手了。

　　我们边走边欣赏，河面开阔，我的前方远远地有座石桥，对岸也是老旧的房屋。这河，贯穿南北，定是那时来往船只的要道，是连着两岸村庄儿女的生命河。迎面的风将我的衣裙飘起，更将一簇簇的水葫芦漂往南方。

　　石拱桥的桥面呈梯形，桥有三孔，中间过船，两边各有两个从水底砌起来的坚实墩子。我猜，或许是船只往来或停船舶岸时怕撞了桥墩,才如此设计的。我慢慢走近它,桥面都是石头铺成,桥栏杆也是用青色长砖紧密筑起,无一孔洞,高到肩下。我努力向外张望,只能看远,竟见不得桥下水波。这敦实厚重的桥,这一湖清清的水,多像一位勇猛忠实的将士守卫着一个温婉的女子啊!护着她,伴着她,怜惜万般。

书友告诉我,桥下不远处就是当时的码头,那时没有大马路,出门或是载货都得靠着它。看着废弃的码头,我能想象当时的繁荣景象。走在三米开阔的桥面上,摸着凉凉的石砖石柱,有种家乡的味道。农村的孩子,走过多少桥,跨过多少渠,踩过多少泥巴路,经过多少小菜地,这一切,都是水乡的慷慨赋予,即便第一次来这儿,也不觉意外,只是仿佛回到了儿时,跟着岁月多走了一点路程而已。

喝多的那位先生也走到桥上,水在动,人在动,或许,有些醉意的他会觉得桥也在动呢也未可知,今儿大伙都是开心的,小醉无妨,反正朋友间自会照顾。有自己追寻的脚步,有志同道合的朋友,有这老街古桥,有这从童年流淌到现在的清清河水,再是光阴荏苒,再是物是人非,总有一点可以相信,心不黯淡,别的都随风去吧!

折回身时,见对面又有一座长拱桥,红砖砌成,像个腼腆的少女。一湖连着几桥,一桥连着几村,还有先前走过的石板街,倘若将老屋修缮成黛瓦翘脊,粉墙轩窗,再将锁着的木门打开,置些古味的店铺玩意,那定会和江南其他的古镇一样,美人船头坐,游人街上行,也定不会像今儿一般,只我们几个悄悄见了见它。

若是那般,许多村落也就似乡姑装扮成俏娘,尽显乡村的淳朴之美了!

甪直午后

甪直号称桥都。第一次与这个古老的江南小镇相见,是在初冬的一个午后。

其实,我早该来这儿的,好友司马云云的家就住在古老的小镇上。她善解人意,一口吴侬软语慰人心怀,身在水乡的她,出落得亭亭玉立。我和她有着同窗之谊,师范三年,虽不住一间宿舍,却情同姐妹。就是在那时,我第一次知道江南有那么一个特别的古镇,乍看一眼连名字都会叫人读错的古镇。人有时很怪,读错了一次便也就牢牢记得了,比常见的字眼要记得牢固多了。

认识甪直全是因为司马的缘故。她早就告诉我,甪直古镇与苏州古城同龄,唐代诗人陆龟蒙隐居在此镇上,因他又名"甫里先生",人们就称这个地方为"甫里"。甫里后来又叫甪直,是因为古时甫里镇分为甫里、六直两个区。她还讲了一个神奇的传说。故事大概是古代的独角神兽"甪端"守护六直,年年五谷丰登。而吴音"六"、"甪"同音,后来"六直"就变成"甪直"了。

今天,虽然遗憾未能见到已出嫁他乡的司马,却收获着这个心中已有却从未见芳容的古镇印象,也是幸甚之事。走过甪直桥,见到广场上的石雕独角兽——甪端,我曾听闻它的故事,亦觉得添了几分可爱。西口竖着高大石坊,四柱三间,上覆黛瓦重檐,戗角欲飞。

走到正源桥,这是甪直古镇的临河小街通往外界大路的正中之桥。桥东西两侧是长长的街道，一条三四米宽的小河望不见头尾，河上石桥一座座，各自将河与岸一段段相连，形成走来绕去都可以相通的情形。每座桥下只距两三米就会有一个驳岸的石阶，有许多垂着青花布头、系着小红灯笼的游船舶在岸边，等着上船的游客。船在水中行，人在画中游。船上的人儿望岸上，岸上的人儿瞧船头，真不知是谁在看谁，谁又是谁的风景了。

听导游介绍，甪直地处太湖流域，是水分水析、水系水萦、水抱水环的泽国典型之地，素有"五湖之厅"、"六泽之冲"的美誉。在古镇区五六公里的河道上，历史上曾横架着形式各异的江南小桥72座半，有多孔的大石桥，独孔的小石桥，宽敞的拱形桥，狭窄的石板桥、双桥、姐妹桥、钥匙桥、半步桥等等。我们边听边走，在两河交汇处，有连成直角的两桥，颇具特色，这就是著名的"三步两桥"。或许，这便是"桥都"美誉的由来吧！

"绿浪东西南北水，红栏七十二半桥。"忽地想起这句诗，感觉甚妙。桥上，河边，无论从哪出看去，都是古意与美景。河中树影娑婆，岸边粉墙黛瓦，一河的绿，满眼的美，仿佛只有树木在年复一年中愈加葱翠，别的，能让人怀念的，都只有越发古旧，越添古味了。

古镇依水而建，人家枕河而眠。我们漫步古街，走过老屋，望望深巷，感受着老街小巷、石桥流水、乡风市声……游客络绎不绝，店铺琳琅满目，目不暇接，心不知倦时，竟忘了东西南北。

那就沿河走走吧，看，午后的暖阳映红了一张张笑嘻嘻的脸，手里提着已买的，嘴里尝着正想吃的，还时不时注意着来往行人。有几个身着古装的女子，或体态轻盈，拔剑伴舞；或体态丰腴，倚竹弄姿；或一身白衣，姿态妖娆。引得对岸的男子左右顾盼，脚底生风，暗暗偷笑。我和姐妹见了，听了，也露出淡淡的诡异笑容。

古镇的美已被繁华冲淡，我更喜欢独享她的静美。若是午后的小屋里，一壶清茶，对坐三两好友，不疾不徐，任阳光从头顶悄然而逝，娴雅之间品人生，与时光相拥相伴，怎一个惬意了得！

若是雨天，那就更妙了。倘若春夏，雨丝勾起忧伤，那就吟一曲花落花飞词，任多愁的人儿落几滴清泪，指尖划过雨痕，也甚可爱。倘若秋冬，雨帘外行人渐少，独自来此，或忧伤彷徨，或只为散心，那就无言独上西楼，如钩月下，静听古镇的秋风夜雨，静看无瑕的冬雪纷飞吧！

然而，这样的时刻毕竟少之又少，古镇不容，心儿不忍。

那就珍惜所有与此相遇的时刻，匆匆也好，悠悠也罢；观景尚好，购物亦佳。莫将此处比他处，她们都只是河与桥相恋，人与屋相关，水与岸相连，周庄、同里、七里山塘、西塘，还有眼下的甪直，这些古镇或大或小，或美或秀，她们都是带着远古的气息走来，又多多少少在繁华的泡沫中出落得更加盛美与峻朗。

多想，也着一袭古装，轻盈地在走在幽幽古巷中，倚一倚斑驳的老墙，抚一抚缀满青苔的青砖，不为别的，只为闻闻远古的气息。

多想，也坐在船头，在欸乃声中穿古桥，在憩息之时驳岸头，那我定要细找那半桥，也定要看看小桥之上有无俏佳人。

忘却自己，只是将尘嚣卸去，寻踪觅迹，只是将美好希冀。

九华清韵

我不是第一次来九华山了。

十多年前,因病化疗,头发还没有长出来,还戴着个帽子的我在妈妈的陪同下第一次与它相见,但那时为什么要来,来的目的究竟为何,我似乎能说又说不明白。九华山是怎样的一座佛教名山,地藏菩萨又是怎样的一位菩萨,我答不上来,只是因为大病一场,观音在梦中常常出现,让自己有感于菩萨的引领,遍访佛教名山,一一朝拜观音、地藏、普贤、文殊四大菩萨,也因此随信众来过几次。

那时,我还如一个懵懂的孩子,对于敬佛,只是和平常人一样,心底的念想只是停留在希望佛菩萨的庇佑。后来的日子里,我每年都会跟随庙里的如欧居士出远门拜佛,平常如欧姐姐总在念佛堂里念经做功课,我要上班,难得去她那儿,就每天抽空抄写经文。当我用小楷一笔一画、恭恭敬敬地抄写许许多多还不解其意的经文字句时,我越发感觉到自己的佛缘甚深,更在一知半解的经句中、在姐姐的每一次口授下,在自己的神奇梦境里,体会到了佛法的庄严与深奥。

因此,这次重来九华山,感受就格外的不同了。

汽车行驶在曲折蜿蜒,常常是180度大转弯的盘山公路上,我一边害怕一边感慨,在连绵起伏的群山之间,我们从这座山绕到了那座山,从这个山脚绕到了那个山头,可是我们一点分不清哪些是已经走过的，哪些还未曾到达的。偌大的九华山，若是没有这山路的引领，不知如何才能跪拜在菩萨面前呢。噢，我想只要心来了，即便跋涉了万水千山，也一定无怨无悔，必能见到菩萨的！我定下心望着窗外，郁郁葱葱的树林将远处的青山若隐若现地映照在眼前，山间雾气缭绕，似仙境一般，这儿，没有朝暮，不分四时，没有东西，只有自然的声息、无边的绿意和层峦叠嶂的山峰。据说，这儿有99座山峰，地藏菩萨99岁圆寂，地藏铜像99米高，前后山共99座庙宇。九九归一，这或许就是古老中华文化最喜欢的一个数字了，也是一种人生境界和现实世界的终极与圆满吧！

九华山原来就是神奇的。

九华山在唐代以前，叫九子山，据说在九华山的后山有一岩石的形状酷似九个嬉戏玩耍的小孩，于是，当地人以这块岩石命名。又有一说，不是一块山岩，而是九华山九座主峰像九个调皮可爱的孩子，所以称九华山。不管这些传说是真是假，九子山当时是赋予了神秘色彩的。是谁让九子山改名了九华山呢？因为唐代大诗人李白来过，他的那首"昔在九江上，遥望九华峰，天河挂绿水，秀出九芙蓉。"从此，九子山改名叫九华山了。

在百岁宫里，我们看到了124岁圆寂的应身菩萨，听导游说，九华山有好几尊这样的菩萨，因为在九华山修行的高僧很多，所以菩萨和舍利也出现得多。我虽不太理解，但有一点是肯定的，必是修行到了很高的程度才会成佛。

百岁山对面，是天然形成的仰天大佛，他是十来座大大小小的山峰连接在一起组成的，从额头、眉毛、凹下去的眼睑，到鼻尖、嘴唇，直至下颌、脖子、棱角分明，栩栩如生。这自然形成的大佛面朝苍天，慈爱安详。我将他定格在了相机里，旋转九十度后，更是惊叹：是山有意为之，还是佛无意要和信众相见。我将他发在了微信上，即有朋友回了首小诗，"山是一尊佛，佛是一座山。横卧尘沙白云间，实相非相破迷坚！"我懂朋友之意，也把自己的想法告诉了他："山无言，佛有意，仰祈上天悯人间，誓求大地离苦海。"我不怪自己水平及不得那位朋友，但想着，菩萨应该是如此大愿的！

地藏菩萨本来是不可思议的。

九华山的地藏菩萨是新罗国的太子金乔觉，新罗国就是如今的韩国。他如何到得九华山，史上没有记载，这让研究者纷纷争议。在全唐诗中，有一首金乔觉的《酬惠米诗》，"弃却金銮衲布衣，修身浮海到华西……而今飧吃黄精饭，腹饱忘思前日饥。"这是金乔觉在山中修行的生活写照，他与佛陀的事迹很是相似，佛陀降生在古印度的迦毗罗卫国，也是太子，可是他为求大道，弃位出家，在雪山六年的苦行修道，最终在菩提树下彻悟出宇宙人生的真相，接着度化五比丘，并广弘教化，这叫"八相成道。"中国古时就有"天将降大任于斯人，必先苦其心志，劳其筋骨，饿其体肤，行弗乱其所为……"这与先吃苦方成大器的做人或成佛的终极意义，是何等相似。而佛不仅是度己，更要去度人，度十方世界一切有情众生。

不可思议的是地藏菩萨精神应化在了一个韩国人身上，这说明佛法是不分地域不分种族和国界的！

还不可思议的是菩萨的真身在九华山雨多晴少、地湿天潮的环境下一点不腐，且是全身舍利。然而，我们无须去理解多少，一点点感悟，一点点向佛菩萨靠近，才是真真切切的！

沙家浜

今天是端午节,我和老公、儿子带着爸妈去沙家浜。

爸妈都60岁了,却是第一次来,真让人不可思议。年轻时,他们要养家糊口,压根没有出去玩的念头。老了还想挣点工资,给我们贷款的房子"添砖加瓦"。他们越是这样,做女儿的越是愧疚。辛劳了一辈子,怎么还这样亏待自己?

昨晚,我郑重其事地在电话里和妈妈说,明天到底去不去玩。她吞吞吐吐,又想逃避。我说爸呢,她说,他很想去,说下雨也去。我拍手赞道,老爸有理,你就成全他吧!至此,才有了今天一游。

爸妈都是农民,虽然没田种了,他们还是一样的勤劳。虽不见世面,朴实善良的本性却随时可见。当5路车行至昆城湖穿湖大堤时,不怎么出家门的妈妈竟发起感慨:这湖面这么大,这桥造起来可是工程浩大啊!爸爸笑笑说,这车开这么远,就收我5毛钱,油钱也不够呢!我说公交车就是方便百姓的,今天端午,辛苦最多的倒是他们。一大家子五个人,在这个凉风习习的端午,说着朴实无华却暖意浓浓的话语,来到沙家浜。

老公真是我们的好导游。每到一处,都会详细地介绍给我们听。我之前来过几次,也算熟悉,但一听他介绍,就觉得知之甚少了。他说,这东进桥长39米,代表1939年东进,宽7.7米,代表七七卢沟桥事变,桥上的石刻有36块,是在沙家浜被老百姓掩护的新四军伤员人数。

我纳闷，你怎么这么清楚？他自豪地回答，早就想让爸妈来了，我工地就在附近，中午休息时闲着就往这边来了解，好做爸妈导游啊！我笑了，他真是有心，做女儿的要向他学习啊！

在红石村的水乡婚育馆里，我看到了三四十年代中形形色色的结婚证，有的简单，有的精巧，妈妈指着一张结婚照说，但凡家境好些的才拍得起这样的照片，我们那会，连照片都没有。爸爸拉拉她衣角，要不现在去补拍一张？妈妈嗔怪着，都是你那小气的父亲，才给你5元钱，还想让我们去苏州拍，我才不去呢！看，一说这，妈妈一唠叨就过了几十年。我偷偷问妈妈，那时拍照到底要多少钱啊，她说到苏州轮船是6角5分，来回两个人就要2元多，吃的还没算，怎么够拍照，若是10元，估计差不多了。

老公看看表，带我们走到第三代春来茶馆前。茶馆前面不远处，就是戏台。听戏的人一边喝茶，一边哼哼，脑袋还时不时地晃悠。妈妈最喜欢阿庆嫂的那一段，坐在戏台前的石凳上，入神地听着阿庆嫂智斗刁德一，我怕湖面的风儿湿气重，会伤她瘦弱的身子，赶紧找了件外套披在她身上。

听完半个小时的戏，妈妈慢慢起身，意犹未尽。可儿子早已按捺不住，拉着我急急地穿过隐湖长廊，往人多的游船码头奔去。只见湖面四周人头攒动，都向湖心望着。原来，是活生生的龙舟竞赛啊！端午本来少不了龙舟，可现实版的我还没遇见过，真是有种得来全不费功夫的窃喜。我们往人群里挤了挤，一屁股坐在靠湖面最近的木板上。湖面二三百米外，三只龙舟正蓄势待发。儿子兴奋得一定要让我们猜哪个队会赢？我随便说了个2号，老公说1号，儿子说，那我只能选剩下的3号了。龙舟上的成员都是年轻的在校大学生，来自常州、南京，苏州等江苏各大高校。砰的一声令下，虽没有百舸争流之势，却也着实让我们过了一把眼瘾。队员们猛力划桨，在宽阔的湖面上尽情挥洒汗水。只一会工夫，整齐划一的动作之中，3

号龙舟隐隐地显眼起来，如离弦的箭一般，在朝我们这边的终点拼命搏击。儿子一骨碌从板上跳起，大喊3号，3号，旁边的一家也在嘀咕，肯定3号赢呢，刚才那些大学生从这边经过，个个的手臂都那么黝黑粗壮，训练得多啦，别的队可是白白的。我笑了，为他们的胜利而笑，更为他们追逐梦想的坚实脚步而由衷感动。当我离开码头，从一个个年轻的身影旁经过时，心情越发愉悦。穿着旗袍、优雅端庄的我，真没有如他们那般的激情与活力。多么敢拼搏的少男少女，多么年轻的心啊！

继续前行，我们来到横泾老街。看酒缸遍地的翁家糟坊，爬楼道窄窄的刁家大院，听铁匠铺里叮叮的打铁声，望染坊上空飘着的藏青花布。累了在石桥边坐会，饿了走进小店铺吃上热气腾腾的小笼包。一路行来，我已有些疲惫，老公将我的皮包夺去，挎在自己肩上。爸妈吃了点东西，和远远耳语着什么。原来，远远想去的地方到现在还没找到。老公乐呵呵地说："跟着我，再坚持一下就找到啦！"曾经带学生游沙家浜时，我总是到这儿就折回了，真不知道还有什么好玩的呢？

由横泾老街向西，再折向南，走了一个好大的圈子，总算看到了希望。儿子最想来沙家浜的原来是这个地方吸引着他——一个大大的免费游乐场。因为春游时，他们是分小队玩的，有人寻到，可他没去过。这会，我们才刚望见，他早跑得不见了踪影，刚才连走路都有气无力的那个身影早已变得生龙活虎了。

这儿不仅是孩子们的游乐场，也是大人们的玩乐天地。昨天是六一，今天是端午，难得的三天假期，让每个人找到了最欢畅最自在的时光。这儿，只有玩的人，只有力量和身高的悬殊，没有大人和孩子的分别。你瞧，好几个身影在爬十几米高的"蜘蛛网"，爬到最高的正打着V的手势，那一定是哪个可爱的爸爸。当然还有爬两下摔一下，不服气也不哭鼻子的小丫头、小小子们。儿子和老爸站在如跷跷板样的一根棍子上,手握着中间的大圆盘,一个使劲往下蹭,另一个也狠命踩,老爸乐得两眼眯成了一条线,胖胖的身子也变矮了,活脱脱一个小老头。儿子从这个玩到那个,从那边玩到更远的地方,像有使不完的力气。或许,玩本来就是孩子的天性,也是大人们放松心情、找寻纯真童年最简单的方法。我和妈妈在石凳上坐着,即使没玩,看到他们那般的放怀心扉,那般的自由快乐,也消除了所有疲劳。

　　老公时而陪着儿子玩,时而又跑过来看看我们。今天,他是最细心的。走出大门时,他又给爸妈拍了几张合影。风景如画,芦苇丛丛的沙家浜留下了一家人的欢声笑语,更让辛苦了大半辈子的爸爸妈妈感受了社会和儿女的温暖。我们和爸妈说好,在以后的传统节日里,我们就多多走出家门,走不了远山远水,就先把常熟的名胜古迹游它个遍。

虞山之脉

一个午后,在虞山脚下享受了碗汤面,我决定乘着早春的阳光与家乡的这座青山来一次亲密的接触。

踏着一个个石阶,俯身是根与根相连的缠绕盘曲,抬头是枝与叶错综的葱绿枯黄,望着,望着,我似乎想寻得些什么,这片山,这片林,有多久了,三千年?不,可我知道,我只有从那时开始寻觅,不然,我怕自己枉为了它的子民。

三千年前,两个身份非凡的兄弟从渭水之滨出发,说是南下采药为父亲治病,他们历尽艰辛,到得一片山间,此处草木繁茂,药材比比皆是。望着这片荆蛮之地,兄弟俩含着眼泪,竟开始安家立业。原来,他们不是来采药的,因为他们懂得父亲的心思,要让弟弟季力子承父业。若不能在一起享受荣华,那为何不去开创自己的新天地?他们来了,带着黄河流域先进的农耕技术和文化,开始在脚下的这片丛林中融合,重新生根。于是,这片草木丛生的蛮荒之地就成了如今的江南水乡,天下常熟。虞山是仲雍兄弟俩让贤而来的,这不仅是智慧,更是他亲和山野的情缘。

三千年,就这么穿越了时空来与我相会。此后的每一日,该是漫长的,因为付出总有艰难的过程,因为苦过才会有甘甜的滋味。当虞仲奄奄一息,将自己的心愿还有没有说出口时,这片土地的百姓该是早早将他的名字共存于山,永存在心了。他走了,却把根深深扎下了。他走了三千年，却让三千年的文明享誉了整个华夏。

虞仲是有慧眼的，此山北接长江，南临尚湖，更绝的是十里青山一半入了城。相依相伴的山水灵气从此尽收着文人雅士，爱国栋梁。言偃，北上求学于孔子，用智慧和才学赢得了"南方夫子，道启东南"之美誉，他求学归来的那一刻，该是响彻了整个山头！他一定有万千感慨：虞仲能为它生根，我要为它发芽！如此，言子也将自己与这座山相生相长了起来，生于斯，葬于斯，言子走时该是更加欣慰的。元代画坛魁首黄公望，抗清名臣瞿式耜，两代帝师翁同龢，清初文坛领袖钱谦益和八大才女之一柳如是，虞山琴派创始人严天池等，一个个响亮的名字在虞山的上空冉冉升起，一种操守，一点灵气，一段佳话，一个传奇，是山赋予了人，亦是人点缀了山。

摸着古老的石碑，我努力把自己忘却，因为在虞山之间，草木比人幸甚。它们与山水为伴，天地为家，以从容不迫之态任生命一展朝夕，一度繁华。只要自己的根越扎越深，哪怕枯了枝干，分了骨架，也要将自己深深地埋于山底，相融于三千年前的那片丛林。那树根蜿蜒入土，被无数次风雨的捶打，被攀登者无数回的踩踏，竟如老者的手背爆出的青筋一般，烙上了岁月的印痕。我忘却不了自己，因为我突然有种卑微的渺小。我没有动听的文辞向它放声歌唱，只有心底的一抹阳光温暖自己，甚至，我都不能像山间的树木一样挺立苍穹，扎于深土。人有时真的很小很小。

小，毕竟是相对的，然，小小的我，可以在虞山之间渺小一阵子，却不能在自己的世界渺小一辈子。像那些扭曲盘旋的根，再沧桑变幻，终弥久更深。能真心俯下身的，该是智者多；喜仰天长啸的，或是狂者态。一颗心可小可大，愿十里青山的胸襟感染每颗纯真的心灵，宽容博大；愿纵横交错的根脉点化每个曾经踏过的足迹，谦卑恭敬。

几千年啊，先贤们留下的根脉，在虞山下牢牢长起。我们这些微小的生命，才几十个光阴，万不要张牙舞爪在所谓的成功里。登攀在虞山之巅仰望，你仅是满眼的绿意和快乐么？不，若是虞仲言偃尚在，他们一定抚心扣问：我还能为它做什么？

生于斯，多少个春秋之后，又有几人会葬于斯？

晚上在虞山脚下的一个小屋里，我第一次看书友临写张旭的《古诗四帖》，笔力遒劲，挥洒自如，转折处腾挪婉转而刚柔相济，那连绵的笔画有如白天看到的树根，多少力气在笔端，倾诉着对先贤们的理会与感悟。朝夕相伴着他们的，除了生活的必需，该是这灵魂深处最纯真的释放和求索。执着在自己的线条中，写写、评评、说说、笑笑，该是一天中最美的时光。

紫玉兰下

那是四月天里,油菜花金黄金黄的时候。可我,并非置身于金色的田间。

那是一片浩瀚的紫色花海,将我紧紧包围,迷了眼,醉了心。是啊,从未见过她芳容的我,实在难以言表她的美。一朵朵开得正旺的紫玉兰在没有一片绿叶的枝头清清爽爽地伫立着,每一片花瓣由深至浅地过渡,紫,淡紫,微白。花瓣的一点点厚度使她看上去无有一般花朵的娇弱,带着玉的纯洁与凝重,兰的清雅与高洁,身着紫色盛装,绵延数里,与蓝天相接,青草相隔。

看哪!一朵朵娇美无瑕的花朵精神抖擞地嵌在蓝湛湛的天空里,像凤凰飞翔着她五彩的羽翼,还是星星一不小心洒落在这个四月天里?这是人间,还是天上啊?

踩着泥土的芬芳,我陶醉在花海之中。时而展开双臂,想拥抱这撼人心扉的春色,叹一声:自己有如她宽广的胸怀么?时而背倚树干,与她偎依流连,却只敢轻轻地,怕抖落了一树灿烂的"朝霞"。我能怎么样呢?只悄悄地,将她高处的枝干弯下些许,然后,轻轻地嗅一嗅她馥郁又天然的香味,细细地瞧一瞧她纯美又热情的真容。她多像水中的莲花啊,只是莲花开得更伸展罢了,或粉或白的莲总要一池的绿叶相托相伴的,而她,竟齐刷刷地立在枝头,一点不嫌弃那细长的枝丫,仿佛这一隆重地盛开就是为孤零零立在春风中的他们。没有一片绿叶陪衬，依然心心愿愿，热热烈烈。

花海深处，一朵朵盛开的紫玉兰花似无数只美丽的小灯笼挂在我身前身后，晃悠着可爱的身姿，交错着不知哪棵树上伸出的枝干，一起目不暇接着我的双眼。我弯腰、回头、侧身、仰望，自由任性地穿梭在星星闪闪的花间。一不小心，成了天真的孩子。

真有个男孩跑到我身边了，他将手里的一束野花递给我，笑嘻嘻地没说一句话。我眨眨眼，接过黄嫩嫩的花儿，亲了亲他的额头，正想和他道声谢谢时，他一溜烟跑向了花海更深处。可爱的孩子蹲下小小的身子，在宽广的林间倒是清晰可见，他定是继续采着他喜欢的小野花吧！等他长大，一定忘不了这紫色的花海，伴着他童年留下的多少自在与多彩的世界。

这个世界便是阿霞的农庄。

阿霞，好一个亲切又美丽的名字！第一次做客的我也跟着别人这么唤了起来。农庄方圆几十里，汽车从蜿蜒曲折的小路缓缓行进，两边树木葱茏，与外界的车水马龙浑然相隔，只要进来，便如进了世外桃源。大片的水杉高高地伸向无际的天空，光秃秃的树干还没染上春的绿意，只剩下高低错落的鸟窝地停在半空中，像一个个跳动的音符。清清的河水倒映着此岸的水杉，对岸的菜园还有那一片金黄的油菜花。河中架有小木桥，我跟在阿霞的身后，在偌大的一个庄园里尽情游览。古旧的亭台与木板小道相得益彰，河池与小桥又因地制宜应运而生。连着几处掩映在树木间的房屋，在房屋与林子间随处可见的鸡舍牛羊，真是一派生机勃勃的景象！

第一次挽着阿霞的手，如此亲切，似乎农村孩子进了自己的农家一样。我们在油菜花间逗留，黄乎乎的花粉沾了满身衣裳；我们在紫玉兰下合影，灿烂的笑容和花一样绽放；我在一桌子的农家菜肴间品味，她又热情地给我斟酒夹菜；临别还让我拎上满满的两盒鸡蛋带回家。自在欢颜的她多像这一方自由的天地，多像那盛开的紫玉兰,是她的爱人呵护得这般潇洒还是她于生活的无比热爱,也许兼而有之吧!

车子驶出农庄的时候,有几个人在河边钓鱼,阿霞的爱人停车吆喝,"这儿是鱼塘,不准钓鱼的,你们走吧!"我一惊,原来饭桌上说的鱼塘就是这清凌凌的小河啊!还没等他们收起鱼竿,我们的车已远去,我纳闷,他们不走怎么办呢?他笑笑:"钓鱼的时不时就偷偷地来,说说是吓吓他们,也不太当真,随他吧!"我暗暗想,是主人的宽容还是这儿的鱼更鲜美的呢!

后　记

这是我继第一本散文集《心有菩提》之后又创作的一部新作。

平凡的日子哪怕再忙碌，我都会努力寻找触动内心的点点滴滴。经历过风雨，心已宁静平和；找寻着幸福，便更珍惜真情暖爱。生活纵使简单，也会因为心的美好而生发出更多的美好；视野纵使浅显，亦阻隔不了人世间恒久的真情。这是岁月给我的礼物，是与我关联的生命给予的力量。我将这些真诚与美好融进岁月，让岁月如花绽放；献给生命，让生命熠熠生辉；写成文字，让文字温暖更多的心灵。

继而，从自己和身边小事出发，从感动和生活感悟出发，我写下了一篇篇真实又朴素的散文，几年来，有的被发表，有的几经润色，在第一本散文集《心有菩提》出版发行之后，我将余下的新旧散文再次整理修改，诞生了第二本散文集。

我将书名定为《掬云得月》。

世间的美好，不是因为没有痛苦，恰是历经风雨的洗礼才更有蓝天白云的风度。心中的美好，不是因为避开丑陋，却是纯真善良的本性流露才更具清风明月的情怀。我愿自己，愿一切的生命能找寻到属于自己的幸福，这种幸福，不是财富，是心灵的宁静和纯真，是追寻真善美的脚步和眼眸里永远的微笑。

感谢书中提及的亲人和朋友，没有你们，就没有这些感动的故事。

感谢关心、鼓励我的读者和书友，没有你们，或许就没有这份继续挑战自己的勇气。还有那些在背后默默支持、关心我的学长、老师、朋友们，我将怎样感谢你们给我的这份精彩呢！唯恐文字太拙，语句偏颇，辜负了你们一片真心啊！

请允许我在这儿向几位特别的先生致谢吧！著名作家金曾豪先生不辞辛苦，为是书写了篇序言；年逾古稀的李元生先生辗转波折来到我的学校，只为看到我的《心有菩提》，不仅细读，还将许多语句摘录下来，让我钦佩。一些素不相识的读者给我来信，向我祝贺并道出了读后的感动，如我至今未见过面的徐鸣峰先生。还有给予我指导、帮助的陈武先生，让我相信带着情感的文字即便不华丽，也一样可以成为文学作品的。

2015 年 4 月 2 日于常熟